THÉOPHILE GAUTIER.

MILITONA

PARIS
DESESSART, ÉDITEUR,
8, RUE DES BEAUX-ARTS

M D CCC XLVII

MILITONA.

ROMANS

DE MADAME LA COMTESSE DASH.

—

MILITONA

PAR

THÉOPHILE GAUTIER.

PARIS
DESESSART, ÉDITEUR,
8, RUE DES BEAUX-ARTS.
—
M D CCCXLVII

I

Un lundi du mois de juin de 184.... *dia de toros*, comme on dit en Espagne, un jeune homme de bonne mine, mais qui paraissait d'assez mauvaise humeur, se dirigeait vers une maison de la rue San Bernardo, dans la très noble et très héroïque cité de Madrid.

D'une des fenêtres de cette maison s'é-

chappait un clapotis de piano qui augmenta d'une manière sensible le mécon-
tentement peint sur les traits du jeune
homme : il s'arrêta devant la porte comme
hésitant à entrer; mais cependant il prit
une détermination violente, et surmon-
tant sa répugnance, il souleva le marteau
au fracas duquel répondit dans l'escalier
le bruit de pas lourds et gauchement em-
pressés du gallego qui venait ouvrir.

On aurait pu supposer qu'une affaire
désagréable, un emprunt usuraire à con-
tracter, une dette à solder, un sermon à
subir de la part de quelque vieux parent
grondeur amenait ce nuage sur la physionomie naturellement joyeuse de don Andrès de Salcedo.

Il n'en était rien.

Don Andrès de Salcedo, n'ayant pas de
dettes, n'avait pas besoin d'emprunter,
et comme tous ses parents étaient morts,
il n'attendait pas d'héritage, et ne redoutait les remontrances d'aucune tante revêche et d'aucun oncle quinteux.

Bien que la chose ne soit guère à la
louange de sa galanterie, don Andrès allait
tout simplement rendre à dona Feliciana
Vasquez de los Rios sa visite quoti-
dienne.

Dona Feliciana Vasquez de los Rios était
une jeune personne de bonne famille,
assez jolie et suffisamment riche, que don
Andrès devait épouser bientôt.

Certes, il n'y avait pas là de quoi assom-
brir le front d'un jeune homme de vingt-
quatre ans, et la perspective d'une heure

ou deux passées avec une *novia* « qui ne comptait pas plus de seize avrils » ne devait présenter rien d'effrayant à l'imagination.

Comme la mauvaise humeur n'empêche pas la coquetterie, Andrès, qui avait jeté son cigare au bas de l'escalier, secoua, tout en montant les marches, les cendres blanches qui salissaient les parements de son habit, donna un tour à ses cheveux et releva la pointe de ses moustaches ; il se défit aussi de son air contrarié, et le plus joli sourire de commande vint errer sur ses lèvres.

— Pourvu, dit-il en franchissant le seuil de l'appartement, que l'idée ne lui vienne pas de me faire répéter avec elle cet exécrable duo de Bellini, qui n'en finit pas, et qu'il faut reprendre vingt fois. Je manquerai le commencement de la course et ne verrai pas la grimace de l'alguazil quand on ouvrira la porte au taureau.

Telle était la crainte qui préoccupait don Andrès, et, à vrai dire, elle était bien fondée.

Feliciana, assise sur un tabouret et légèrement penchée, déchiffrait la partition formidable ouverte à l'endroit redouté ; les doigts écartés, les coudes faisant angle de chaque côté de sa taille, elle frappait des accords plaqués et recommençait un passage difficile avec une persévérance digne d'un meilleur sort.

Elle était tellement occupée de son travail qu'elle ne s'aperçut pas de l'entrée de don Andrès, que la suivante avait laissé passer sans l'annoncer, comme familier de la maison et futur de sa maîtresse.

Andrès, dont les pas étaient amortis par la natte de paille de Manille qui recouvrait les briques du plancher, parvint jusqu'au milieu de la chambre sans avoir attiré l'attention de dona Feliciana.

Pendant que dona Feliciana lutte contre son piano, et que don Andrès reste debout derrière elle, ne sachant s'il doit franchement interrompre ce vacarme intime ou révéler sa présence par une toux discrète, il ne sera peut-être pas hors de propos de jeter un coup-d'œil sur l'endroit où la scène se passe.

Une teinte plate à la détrempe couvrait les murs; de fausses moulures, de feints encadrements à la grisaille entouraient les fenêtres et les portes. Quelques gravures à

la manière noire, venues de Paris, Souvenirs et Regrets, les Petits Braconniers, Don
Juan et Haydée, Mina et Brenda, étaient
suspendues, dans la plus parfaite symétrie,
à des cordons de soie verte. Des canapés
de crin noir, des chaises assorties au dos
épanoui en lyre, une commode et une table
d'acajou ornées de têtes de sphinx en cade-
nettes, souvenirs de la conquête d'Égypte,
une pendule représentant la Esméralda
faisant écrire à sa chèvre le nom de Phé-
bus, et flanquée de deux chandeliers sous
globe, complétaient cet ameublement de
bon goût.

Des rideaux de mousseline suisse à ra-
mages prétentieusement drapés et rehaus-
sés de toutes sortes d'estampages de cuivre garnissaient les croisées et reprodui-

saient d'une façon désastreusement exacte
les dessins que les tapisseries de Paris
font paraître dans les journaux de modes
ou par cahiers lithographiés.

Ces rideaux, il faut le dire, excitaient
l'admiration et l'envie générales.

Il serait injuste de passer sous silence
une foule de petits chiens en verre filé,
de groupes en porcelaine moderne, de pa-
niers en filigrane entremêlés de fleurs d'é-
mail, de serre-papiers d'albâtre et de
boîtes de Spa relevées de coloriages qui
encombraient les étagères, brillantes su-
perfluités destinées à trahir la passion de
Feliciana pour les arts.

Car Feliciana Vasquez avait été élevée à
la française et dans le respect le plus profond de la mode du jour; aussi, sur ses

instances, tous les meubles anciens avaient-ils été relégués au grenier, au grand regret de don Geronimo Vasquez, son père, homme de bon sens, mais faible.

Les lustres à dix bras, les lampes à quatre mèches, les fauteuils couverts de cuir de Russie, les draperies de damas, les tapis de Perse, les paravents de la Chine, les horloges à gaîne, les meubles de velours rouge, les cabinets de marqueterie, les tableaux noirâtres d'Oriente et de Menendez, les lits immenses, les tables massives de noyer, les buffets à quatre battants, les armoires à douze tiroirs, les énormes vases à fleurs, tout le vieux luxe espagnol avaient dû céder la place à cette moderne élégance de troi-

siéme ordre qui ravit les naïves popula-
tions éprises d'idées civilisatrices et dont
une femme de chambre anglaise ne voudrait pas.

Dona Feliciana était habillée à la mode
d'il y a deux ans; il va sans dire que sa
toilette n'avait rien d'espagnol : elle possédait à un haut degré cette suprême horreur de tout ce qui est pittoresque et carac-
téristique, qui distingue les femmes comme
il faut; sa robe, d'une couleur indécise,
était semée de petits bouquets presqu'invisibles; l'étoffe en avait été apportée
d'Angleterre et passée en fraude par les
hardis contrebandiers de Gibraltar; la plus
couperosée et la plus revêche bourgeoise
n'en eût pas choisi une autre pour sa fille.
Une pèlerine garnie de valenciennes om-

brait modestement les charmes timides
que l'échancrure du corsage, commandée
par la gravure de mode, eût pu laisser à
découvert. Un brodequin étroit moulait
un pied qui, pour la petitesse et la cam-
brure, ne démentait point son origine.

C'était, du reste, le seul indice de sa
race qu'eût conservé dona Feliciana; on
l'eût prise d'ailleurs pour une Allemande
ou une Française des provinces du Nord;
ses yeux bleus, ses cheveux blonds, son
teint uniformément rosé, répondaient
aussi peu que possible à l'idée que l'on se
fait généralement d'une Espagnole d'après
les romances et les keepsakes. Elle ne
portait jamais de mantille et n'avait pas
le moindre stylet à sa jarretière. Le fandango et la cachucha lui étaient inconnus;

mais elle excellait dans la contredanse, le
rigodon et la valse à deux temps; elle
n'allait jamais aux courses de taureaux,
trouvant ce divertissement « barbare » ;
en revanche, elle ne manquait pas d'assister aux premières représentations des vau-
devilles, traduits de Scribe, au théâtre del
Principe et de suivre les représentations
des chanteurs italiens au théâtre del Circo.
— Le soir, elle allait faire au Prado un
tour en calèche, coiffée d'un chapeau venant directement de Paris.

Vous voyez que dona Feliciana Vasquez
de los Rios était de tous points une jeune
personne parfaitement convenable.'

C'était ce que disait don Andrès ; seulement il n'osait pas formuler vis-à-vis de
lui-même le complément de cette opinion

parfaitement convenable, mais parfaitement ennuyeuse !

On demandera pourquoi don Andrès faisait la cour dans des vues conjugales à une
femme qui lui plaisait médiocrement ;
était-ce par avidité ? Non ; la dot de Feliciana, quoique d'un chiffre assez rond,
n'avait rien qui pût tenter Andrès de Salcedo, dont la fortune était pour le moins
aussi considérable : ce mariage avait été
arrangé par les parents des deux jeunes
gens, qui s'étaient laissé faire sans objec-
tion ; la fortune, la naissance, l'âge, les
rapports d'intimité, l'amitié contractée
dès l'enfance, tout s'y trouvait réuni. —
Andrès s'était habitué à considérer Feliciana comme sa femme. — Aussi lui sem-
blait-il rentrer chez lui en allant chez elle ;

— et que peut faire un mari chez lui, si ce
n'est désirer de sortir? Il trouvait d'ailleurs à dona Feliciana toutes les qualités
essentielles; elle était jolie, mince et
blonde; elle parlait français et anglais,
faisait bien le thé. — Il est vrai que don
Andrès ne pouvait souffrir cette horrible
mixture. — Elle dansait et jouait du piano,
hélas! et lavait assez proprement l'aqua-
relle. Certes, l'homme le plus difficile n'aurait pu exiger davantage.

—Ah! c'est vous, Andrès, dit sans se retourner Feliciana, qui avait reconnu la
présence de son futur au craquement de
ses chaussures.

Que l'on ne s'étonne pas de voir une
demoiselle aussi bien élevée que Feliciana
interpeller un jeune homme par son petit

nom; c'est l'usage en Espagne au bout de
quelque temps d'intimité, et l'emploi du nom
de baptême n'a pas la même portée amoureuse et compromettante que chez nous.

— Vous arrivez tout à propos; j'étais en
train de repasser ce duo que nous devons
chanter ce soir à la tertulia de la marquise
de Benavidès.

— Il me semble que je suis un peu en-
rhumé, répondit Andrès.

Et comme pour justifier son assertion,
il essaya de tousser, mais sa toux n'avait
rien de convaincant, et dona Feliciana,
peu touchée de son excuse, lui dit d'un ton
assez inhumain :

— Cela ne sera rien; nous devrions
bien le chanter ensemble encore une fois
pour être plus sûrs de notre effet. Voulez-

vous prendre ma place au piano et avoir
la complaisance d'accompagner? Le pauvre garçon jeta un regard mélancolique
sur la pendule ; il était déjà quatre heures ;
il ne put réprimer un soupir, et laissa tomber ses mains désespérées sur l'ivoire du
clavier.

Le duo achevé sans trop d'encombre,
Andrès lança encore vers la pendule, où
la Esméralda continuait d'instruire sa
chèvre, un coup-d'œil furtif qui fut surpris
au passage par Feliciana.

— L'heure paraît vous intéresser beaucoup aujourd'hui, dit Feliciana, vos yeux
ne quittent pas le cadran.

— C'est un regard vague et machinal...
Que m'importe l'heure lorsque je suis près
de vous ?...

Et il s'inclina galamment sur la main
de Feliciana pour y poser un baiser respectueux.

— Les autres jours de la semaine, je suis
persudée que la marche des aiguilles vous
est fort indifférente ; mais le lundi c'est
tout autre chose...

— Et pourquoi cela, âme de ma vie ? Le
temps ne coule-t-il pas toujours aussi rapide, surtout quand on a le bonheur de
faire de la musique avec vous ?

— Le lundi, c'est le jour des taureaux,
et, mon cher don Andrès, n'essayez pas
de le nier, il vous serait plus agréable
d'être en ce moment-ci à la porte d'Alcala
qu'assis devant mon piano. Votre passion
pour cet affreux plaisir est donc incorri-
gible ? Oh ! quand nous serons mariés, je

saurai bien vous ramener à des sentiments
plus civilisés et plus humains.

— Je n'avais pas l'intention formelle
d'y assister... cependant j'avoue que si
cela ne vous contrariait pas... j'ai été hier
à l'arroyo, et il y avait entre autres quatre
taureaux de Gaviria... des bêtes magnifiques; un fanon énorme, des jambes sèches
et menues, des cornes comme des crois-
sants! et si farouches, si sauvages, qu'ils
avaient blessé l'un des deux bœufs conducteurs! Oh! quels beaux coups il va se faire
tout à l'heure dans la place, si les toreros
ont le cœur et le poignet fermes! s'écria
imprudemment Andrès, emporté par son
enthousiasme d'aficionado.

Feliciana, pendant cette tirade, avait

pris un air superbement dédaigneux, et dit
à don Andrès :

— Vous ne serez jamais qu'un barbare
verni ; vous allez me donner mal aux nerfs
avec vos descriptions de bêtes féroces et
vos histoires d'éventrements... et vous dites
ces horreurs avec un air de jubilation,
comme si c'étaient les plus belles choses
du monde.

Le pauvre Andrès baissa la tête, car il
avait lu, comme les autres Espagnols, les
stupides tirades philanthropiques que les
poltrons et les âmes sans énergie ont dé-
bitées contre les courses de taureaux, un
des plus nobles divertissements qu'il soit
donné à l'homme de contempler ; et il se
trouvait un peu Romain de la décadence,
un peu boucher, un peu belluaire, un peu

cannibale ; mais, cependant, il eût volontiers donné ce que sa bourse contenait
de douros à celui qui lui eût fourni les
moyens de faire une retraite honnête, et
d'arriver à temps pour l'ouverture de la
course.

— Allons, mon cher Andrès, dit Feliciana avec un sourire demi-ironique, je
n'ai pas la prétention de lutter contre ces
terribles taureaux de Gaviria ; je ne veux
pas vous priver d'un plaisir si grand pour
vous : votre corps est ici, mais votre âme
est au cirque. Partez, je suis clémente et
vous rends votre liberté à condition que
vous viendrez de bonne heure chez la marquise de Benavidès.

Par une délicatesse de cœur qui prouvait sa bonté, Andrès ne voulut pas profi-

ter sur-le-champ de la permission oc-
troyée par Feliciana ; il causa encore
quelques minutes et sortit avec lenteur,
comme retenu malgré lui par le charme
de la conversation.

Il marcha d'un pas mesuré jusqu'à ce
qu'il eût tourné l'angle de la calle ancha
de San-Bernardo pour prendre la calle de
la Luna ; alors, sûr d'être hors de vue du
balcon de dona Feliciana, il prit une allure
qui l'eût bientôt amené dans la rue du De-
sengaño.

Un étranger eût remarqué avec surprise
que les passants se dirigeaient du même
côté : — tous allaient, aucun ne venait.
Ce phénomène dans la circulation de la
ville a lieu tous les lundis, de quatre à cinq
heures.

En quelques minutes, Andrès se trouva
près de la fontaine qui marque le carre-
four où se rencontrent la red de San-Luis,
la rue Fuencarral et la rue Ortaleza.

Il approchait.

La calle del Caballero de Gracia fran-
chie, il déboucha dans cette magnifique
rue d'Alcala, qui s'élargit en descendant
vers la porte de la ville, ainsi qu'un fleuve
approchant de la mer, comme si elle se
grossissait des affluents qui s'y dégorgent.

Malgré son immense largeur, cette belle
rue, que Paris et Londres envieraient à
Madrid, et dont la pente bordée d'édifices
étincelants de blancheur se termine sur
une percée d'azur, était pleine, jusqu'au
bord, d'une foule compacte, bariolée, four-
millante et de plus en plus épaisse.

Les piétons, les cavaliers, les voitures
se croisaient, se heurtaient, s'enchevê-
traient au milieu d'un nuage de poussière,
de cris joyeux et de vocifications ; les cale-
seros juraient comme des possédés, les bâtons résonnaient sur l'échine des rosses
rétives, les grelots, suspendus par grappes
aux têtières des mules, faisaient un tinta-
marre assourdissant ; les deux mots sacra-
mentels de la langue espagnole étaient
renvoyés d'un groupe à l'autre comme des
volants par des raquettes.

Dans cet océan humain apparaissaient
de loin en loin, pareils à des cachalots,
des carrosses du temps de Philippe IV,
aux dorures éteintes, aux couleurs passées, traînés par quatre bêtes antédilu-
viennes ; des berlingots, qui avaient été

fort élégants du temps de Manuel Godoï,
s'affaissaient sur leurs ressorts énervés,
plus honteusement délabrés que les cou-
cous des environs de Paris réduits à l'i-
naction par la concurence des chemins de
fer.

En revanche, comme pour représenter
l'époque moderne, des omnibus attelés de
six et huit mules maintenues au triple galop par une mousqueterie de coups de
fouet, fendaient la foule qui se rejetait ef-
farée sous les arbres écimés et trapus dont
est bordée la rue d'Alcala, à partir de la
fontaine de Cybèle jusqu'à la porte triom-
phale élevée en l'honneur de Charles III.

Jamais chaise de poste à cinq francs de
guide, au temps où la poste marchait, n'a
été d'un pareil train, — les omnibus ma-

drilègnes, ce qui explique cette vélocité
phénoménale, ne vont que deux heures
par semaines, l'heure qui précède la
course et celle qui la suit; la nécessité de
faire plusieurs voyages en peu de temps
force les conducteurs à extraire à coups
de trique de leurs mules toute la vitesse
possible; et, il faut le dire, cette nécessité s'accorde assez bien avec leur penchant.

Andrès s'avançait de ce pas alerte et
vif particulier aux Espagnols, les premiers
marcheurs du monde, faisant sauter
joyeusement dans sa poche, parmi quelques duros et quelques piécettes, son billet de *sombra por la tarde*, tout près de la
barrière ; car, dédaignant l'élégance des
loges, il préférait s'appuyer aux cordes

qui sont censées devoir empêcher le taureau de sauter parmi les spectateurs, au
risque de sentir à son coude le coude ba-
riolé d'une veste de paysan, et dans ses
cheveux la bouffée de fumée de la cigarette d'un manolo ; car, de cette place,
l'on ne perd pas un seul détail du combat,
et l'on peut apprécier les coups à leur juste
valeur.

Malgré son futur mariage, don Andrès
ne se privait nullement de la distraction
de regarder les jolis visages plus ou moins
voilés par les mantilles de dentelles, de
velours ou de taffetas. Même si quelque
beauté passait, l'éventail ouvert sur le coin
de la joue, en manière de parasol, pour
préserver des âcres baisers du hâle la
fraiche pâleur d'un teint délicat, il allon-

geait le pas et, se retournant ensuite sans
affectation, contemplait à loisir les traits
qu'on lui avait dérobés.

Ce jour-là, don Andrès faisait sa revue
avec plus de soin qu'à l'ordinaire ; il ne
laissait passer aucun minois vraisemblable
sans lui jeter son coup-d'œil inquisiteur.
On eût dit qu'il cherchait quelqu'un à travers cette foule.

Un fiancé ne devrait pas, en bonne morale, s'apercevoir qu'il existe d'autres
femmes au monde que sa novia ; mais cette
fidélité scrupuleuse est rare ailleurs que
dans les romans, et don Andrès, bien qu'il
ne descendît ni de don Juan Tenorio ni de
don Juan de Marana, n'était pas attiré à la
place de Taureaux par le seul attrait des

belles estocades de Luca Blanco et du ne-
veu de Montès.

Le lundi précédent il avait entrevu à la
course, sur les bancs du tendido, une tête
de jeune fille — d'une rare beauté et d'une
expression étrange. — Les traits de ce visage s'étaient dessinés dans sa mémoire
avec une netteté extraordinaire pour le
peu de temps qu'il avait pu mettre à les
contempler. — Ce n'était qu'une rencontre
fortuite qui ne devait pas laisser plus de
trace que le souvenir d'une peinture re.
gardée en passant, puisqu'aucune parole,
aucun signe d'intelligence n'avaient pu
être échangés entre Andrès et la jeune manola (elle paraissait appartenir à cette
classe), séparés qu'ils étaient l'un de l'autre par l'intervalle de plusieurs bancs. An-

drès n'avait d'ailleurs aucune raison de croire que la jeune fille l'eût aperçu et eût remarqué son admiration. Ses yeux, fixés sur l'arène, ne s'étaient pas détournés un instant du spectacle auquel elle paraissait prendre un intérêt exclusif.

C'était donc un incident qu'il eût dû oublier sur le seuil du lieu qui l'avait vu naître. Cependant, à plusieurs reprises, l'image de la jeune fille s'était retracée dans l'esprit d'Andrès avec plus de vivacité et de persistance qu'il ne l'aurait fallu.

Le soir, sans en avoir la conscience sans doute, il prolongeait sa promenade, ordinairement bornée au salon du Prado où s'étale sur des rangs de chaises la fashion de Madrid, au-delà de la fontaine d'Alca-

chofa, sous les allées plus ombreuses fré-
quentées par les manolas de la place de
Lavapiès. — Un vague espoir de retrouver
son inconnue le faisait déroger à ses habitudes élégantes.

De plus il s'était aperçu, symptôme si-
gnificatif, que les cheveux blonds de Feliciana prenaient à contre-jour des teintes
hasardeuses atténuées à grand'peine par
les cosmétiques, — jamais jusqu'à ce jour
il n'avait fait cette remarque, — et que ses
yeux bordés de cils pâles n'avaient aucune
expression, si ce n'est celle de l'ennui modeste qui sied à une jeune personne bien
élevée, et il bâillait involontairement en
pensant aux douceurs que lui réservait
l'hymen.

Au moment où Andrès passait sous une

des trois arcades de la porte d'Alcala, un
calesin fendait la foule au milieu d'un
concert de malédictions et de sifflets; car
c'est ainsi que le peuple accueille en Espagne tout ce qui le dérange au milieu de
ses plaisirs et semble porter atteinte à la
souveraineté du piéton.

Ce calesin était de l'extravagance la plus
réjouissante; sa caisse, portée par deux
énormes roues écarlates, disparaissait
sous une foule d'amours et d'attributs
anacréontiques, tels que lyres, tambou-
rins, musettes, cœurs percés de flèches,
colombes se becquetant, exécutés à des
époques reculées par un pinceau plus hardi
que correct.

La mule rasée à mi-corps secouait de
sa tête empanachée tout un carillon de

grelots et de sonnettes. Le bourrelier qui
avait confectionné son harnais s'était livré à une débauche incroyable de passementeries, de piqûres, de pompons, de
houppes et de fanfreluches de toutes couleurs. — De loin, sans les longues oreilles
qui sortaient de ce brillant fouillis, on eût
pu prendre cette tête de mule ainsi attelée
pour un bouquet de fleurs ambulant.

Un calesero de mine farouche, en manche de chemise et la chamarre de peau
d'Astracan au coin de l'épaule, assis de
côté sur le brancard, bâtonnait à coups de
manche de fouet la croupe osseuse de sa
bête, qui s'écrasait sur ses jarrets et se
jetait en avant avec une nouvelle furie.

Un calesin, le lundi à la porte d'Alcala,
n'a rien en soi qui mérite une description

particulière et doive attirer l'attention, et
si celui-là est honoré d'une mention spé-
ciale, c'est qu'à sa vue, la plus agréable
surprise avait éclaté sur la figure de don
Andrès.

Il n'est guère dans l'usage qu'une voiture se rende vide à la place de Taureaux,
aussi le calesin contenait-il deux personnes.

La première était une vieille, petite et
grosse, vêtue de noir, à l'ancienne mode,
et dont la robe trop courte d'un doigt laissait paraître un ourlet de jupon en drap
jaune comme en portent les paysannes en
Castille ; — cette vénérable créature appartenait à cette espèce de femmes qu'on
appelle en Espagne la tia Pelona, la tia

Blasia, selon leur nom, comme l'on dit ici
la mère Michel, la mère Godichon, dans le
monde si bien décrit par Paul de Kock. Sa
face large, épatée, livide, aurait été des
plus communes, si deux yeux charbonnés
et entourés d'une large auréole de bis-
tre, et deux pinceaux de moustaches
obombrant les commissures des lèvres,
n'eussent relevé cette trivialité par un certain air sauvage et féroce digne des duè-
gnes du bon temps. Goya, l'inimitable
auteur des caprices, vous eût en deux coups
de pointe gravé cette physionomie. Bien
que l'âge des amours fût envolé depuis
longtemps pour elle, si jamais il avait existé, elle n'en arrangeait pas moins ses coudes dans sa mantille de serge, bordée de
velours avec une certaine coquetterie, et

manégeait assez prétentieusement un grand éventail de papier vert.

Il n'est pas probable que ce fût l'aspect de cette aimable compagnonne qui amenât un éclair de satisfaction sur le visage de don Andrès.

La seconde personne était une jeune fille de seize à dix-huit ans, plutôt seize que dix-huit; une légère mantille de taffetas posée sur la galerie d'un haut peigne d'écaille qu'entourait une large natte de cheveux tressés en corbeille, encadrait sa charmante figure, d'une pâleur imperceptiblement olivâtre. Son pied allongé sur le devant du calesin, et d'une petitesse presque chinoise, montrait un mignon soulier de satin à quartier de ruban et le commencement d'un bas de soie à coins de couleur

bien tiré. Une de ses mains délicates et fines, bien qu'un peu basanées, jouait avec
les deux pointes de la mantille, et l'autre,
repliée sur un mouchoir de batiste, faisait
briller qunlques bagues d'argent, — le
plus riche trésor de son écrin de manola,
— des boutons de jais miroitaient à sa
manche et complétaient ce costume rigou-
reusement espagnol.

Andrès avait reconnu la délicieuse tête
dont le souvenir le poursuivait depuis huit
jours.

Il doubla le pas et arriva en même
temps que le calesin à l'entrée de la place
de Taureaux : le calesero avait mis le genou en terre comme pour servir de mar-
chepied à la belle manola, qui descendit
en lui appuyant légèrement le bout des

doigts sur l'épaule : l'extraction de la
vieille fut autrement laborieuse ; mais enfin elle s'opéra heureusement, et les deux
femmes, suivies d'Andrès, s'engagèrent
dans l'escalier de bois qui conduit aux
gradins.

Le hasard, par une galanterie de bon
goût, avait distribué les numéros des
stalles, de façon à ce que don Andrès se
trouvât assis précisément à côté de la jeune
manola.

II

Pendant que le public envahissait tu-
multueusement la place, et que le vaste
entonnoir des gradins se noircissait d'une
foule de plus en plus compacte, les toreros
arrivaient les uns après les autres par une
porte de derrière dans l'endroit qui leur
sert de foyer, et où ils attendent l'heure de
la funcion.

C'est une grande salle blanchie à la

chaux, d'un aspect triste et nu. Quelques
petites bougies y font trembloter leurs
étoiles d'un jaune fade devant une image
enfumée de Notre-Dame suspendue à la
muraille ; — car, ainsi que tous les gens
exposés par état à des périls de mort, les
toreros sont dévôts, ou tout au moins su-
perstitieux chacun a son amulette à laquelle il a pleine confiance ; certains pré-
sages les abattent ou les enhardissent ; il
savent, disent-ils, les courses qui leur seront funestes. — Un cierge offert et brûlé
à propos peut cependant corriger le sort
et prévenir le péril. Il y en avait bien, ce
jour-là, une douzaine d'allumés, ce qui
prouvait la justesse de la remarque de don
Andrès sur la force et la férocité des taureaux de Gaviria qu'il avait vus la veille à

l'Arroyo, et dont il décrivait avec tant
d'enthousiasme les qualités à sa fiancée
Feliciana, médiocre appréciatrice de sem-
blables mérites.

Il vint à peu près une douzaine de toreros, chulos, banderilleros, espadas, em-
bossés dans leurs capes. Tous en passant
devant la madone firent une inclination
de tête plus ou moins accentuée. Ce devoir
accompli, ils allèrent prendre sur une table la copa de fuego, petite coupe à manche de bois et remplie de charbons, posée
là pour la plus grande commodité des fumeurs de cigarettes et de puros, et se mirent à pousser des bouffées en se promenant ou campés sur les bancs de bois le
long du mur.

Un seul passa devant le tableau révéré

sans lui accorder cette marque de respect,
et s'assit à l'écart en croisant l'une sur
l'autre des jambes nerveuses que le luisant
du bas de soie aurait pu faire croire de
marbre. Son pouce et son index jaunes
comme de l'or sortaient par l'hiatus de
son manteau tenant serré un reste de papelito aux trois quarts consumé. Le feu
s'approchait de l'épiderme de manière à
brûler des doigs plus délicats, mais le torero n'y faisait pas attention, occupé qu'il
paraissait d'une pensée absorbante.

C'était un homme de vingt-cinq à vingt-
huit ans. Son teint basané, ses yeux de
jais, ses cheveux crépus démontraient son
origine andalouse. Il devait être de Séville, cette prunelle noire de la terre, cette
patrie naturelle des vaillants garçons, des

bien plantés, des bien campés, des grat-
teurs de guitare, des dompteurs de chevaux, des piqueurs de taureaux, des
joueurs de navaja, de ceux du bras de fer
et de la main irritée !

Il eût été difficile de voir un corps plus
robuste et des membres mieux découplés.
Sa force s'arrêtait juste au point où elle
serait devenue de la pesanteur. Il était
aussi bien taillé pour la lutte que pour la
course, et si l'on pouvait supposer à la nature l'intention expresse de faire des toreros, elle n'avait jamais aussi bien réussi
qu'en modelant cet Hercule aux proportions déliées.

Par son manteau entrebâillé, on voyait
pétiller dans l'ombre quelques paillettes
de sa veste incarnat et argent, et le chaton

de la sortija qui retenait les bouts de sa
cravate; la pierre de cet anneau était
d'une assez grande valeur, et montrait,
comme tout le reste du costume, que le
possesseur appartenait à l'aristocratie de
sa profession. Son *moño* de rubans neufs
lié à la petite mèche de cheveux réservée
exprès, s'épanouissait derrière sa nuque
en touffe opulente; sa *montera,* du plus beau
noir, disparaissait sous des agréments de
soie de même couleur, et se nouait sous
son menton par des jugulaires qui n'avaient
jamais servi; ses escarpins, d'une petitesse extraordinaire, auraient fait honneur
au plus habile cordonnier de Paris, et eussent pu servir de chausson à une danseuse
de l'Opéra.

Cependant, Juancho, tel était son nom,

n'avait pas l'air ouvert et franc qui con-
vient à un beau garçon bien habillé et qui
va tout à l'heure se faire applaudir par les
femmes : — l'appréhension de la lutte pro-
chaine troublait-elle sa sérénité? Les périls que courent les combattants dans l'a-
rène, et qui sont beaucoup moins grands
qu'on ne pense, ne devaient avoir rien de
bien inquiétant pour un gaillard découplé
comme Juancho. — Avait-il vu en rêve un
taureau infernal portant sur des cornes
d'acier rougi un matador embroché?

Rien de tout cela! — Telle était l'attitude habituelle de Juancho ; surtout depuis
un an, et sans qu'il fût précisément en état
d'hostilité avec ses camarades, il n'exis-
tait pas entre eux et lui cette familiarité
insouciante et joviale de gens qui courent

ensemble les mêmes chances; il ne repoussait pas les avances, mais il n'en faisait aucune, et quoiqu'Andalous, il était
volontiers taciturne. Cependant, quelquefois il semblait vouloir se dérober à sa mélancolie, et se livrait aux élans désordonnés
d'une joie factice : il buvait outre mesure,
— lui si sobre ordinairement, — faisait du
vacarme dans les cabarets, dansait des
cachuchas endiablées, et finissait par des
querelles absurdes où le couteau ne tardait
pas à briller; puis, l'accès passé; il re-
tombait dans sa taciturnité et dans sa rêverie.

Diverses conversations se tenaient si-
multanément parmi les groupes : on parlait d'amour, de politique et surtout de
taureaux.

— Que pense votre grâce, disait, avec ces belles formules cérémonieuses, de la langue espagnole, un torero à un autre, du taureau noir de Mazpule, a-t-il la vue basse, comme le prétend Arjona?

— Il est myope d'un œil et presbyte de l'autre; il ne faut pas s'y fier.

— Et le taureau de Lizaso, vous savez, celui de couleur pie, de quel côté pensez-vous qu'il donne le coup de corne?

— Je ne saurais le dire, je ne l'ai pas vu à l'œuvre; quel est votre avis, Juancho?

— Du côté droit, répondit celui-ci comme réveillé d'un rêve et sans jeter les yeux sur le jeune homme arrêté devant lui.

— Pourquoi?

— Parce qu'il remue incessamment l'o-

reille droite, ce qui est un signe presque
infaillible.

Cela dit, Juancho porta à ses lèvres le
reste de son *papelito,* qui s'évanouit en une
pincée de cendres blanches.

L'heure fixée pour l'ouverture de la
course approchait; tous les toreros, à
l'exception de Juancho, s'étaient levés; la
conversation languissait et l'on entendait
les coups sourds de la lance des picadores
s'exerçant contre le mur dans une cour in-
térieure, pour se faire la main et étudier
leurs chevaux. Ceux qui n'avaient pas fini
leurs cigarettes les jetèrent; les chulos
arrangèrent avec coquetterie sur leur
avant-bras les plis de leurs capes de couleurs éclatantes et se mirent en rang. Le
silence régnait, car c'est un moment tou-

jours un peu solennel que celui de l'entrée
dans la place et qui rend les plus rieurs
pensifs.

Juancho se leva enfin, jeta son manteau
qui s'affaissa sur le banc, prit son épée et
sa muleta, et alla se mêler au groupe bi-
garré.

Tout nuage s'était envolé de son front.
Ses yeux brillaient, sa narine dilatée as-
pirait l'air fortement. Une singulière expression d'audace animait ses traits anno-
blis. Il se carrait et cambrait comme pour
se préparer à la lutte. Son talon s'appuyait
énergiquement à terre, et sous les mailles
de soie, les nerfs de son coude-pied tres-
saillaient comme les cordes au manche
d'une guitare. Il faisait jouer ses ressorts,
et s'en assurait au moment de s'en servir,

4

ainsi qu'un soldat fait jouer avant la bataille son épée dans le fourreau.

C'était vraiment un admirable garçon
que Juancho, et son costume faisait mer-
veilleusement ressortir ses avantages : une
large *faja* de soie rouge sanglait sa taille
fine ; les broderies d'argent qui ruisselaient le long de sa veste formaient au col-
let, aux manches, aux poches, aux parements, comme des endroits stagnants où
l'arabesque redoublait ses complications
et s'épaississait de façon à faire disparaître
l'étoffe. Ce n'était plus une veste incar-
nadine brodée d'argent, mais une veste
d'argent brodée d'incarnadin. Aux épaules
papillotaient tant de torsades, de globules
de filigrane, de nœuds et d'ornements de
toute sorte, que les bras semblaient jaillir

de deux couronnes défoncées. La culotte
de satin, enjolivée de soutaches et de pail-
lons sur les coutures, pressait, sans les gê-
ner, des muscles de fer et des formes
d'une élégance robuste. — Ce costume
était le chef-d'œuvre de Zapata, de Grenade, Zapata, ce Cardillac des habits de
majo, qui pleure toutes les fois qu'il vous
rapporte un habit, et vous offre pour le
ravoir plus d'argent qu'il ne vous en a demandé pour le faire. Les connaisseurs ne
croyaient pas l'estimer trop cher au prix
de dix mille réaux. Porté par Juancho, il
en valait vingt mille!

La dernière fanfare avait résonné; l'a-
rène était vide de chiens et de muchachos.
C'était le moment. — Les picadores, ra-
baissant sur l'œil droit de leur monture le

mouchoir qui doit les empêcher de voir
arriver le taureau, se joignaient au cor-
tége, et la troupe déboucha en bon ordre
dans la place.

Un murmure d'admiration accueillit
Juancho quand il vint s'agenouiller devant
la loge de la reine ; il plia le genou de si
bonne grâce, d'un air à la fois si humble
et si fier, et se releva si moelleusement,
sans effort ni saccade, que les vieux aficio-
nados eux-mêmes dirent : « Ni Pepé Illo,
ni Romero, ni Jose Candido, ne s'en fussent mieux acquittés. »

L'alguazil à cheval, en costume noir de
familier de la Sainte-Hermandad, alla, selon la coutume, au milieu des huées générales, porter la clé du toril au garçon de
service, et, cette formalité accomplie, se

sauva au plus grand galop qu'il put, chancelant sur sa selle, perdant les étriers, embrassant le col de sa monture, et donnant
à la populace cette comédie de l'effroi,
toujours si amusante pour les spectateurs
à l'abri de tout danger.

Andrès, tout heureux de la rencontre
qu'il avait faite, n'accordait pas grande
attention aux préliminaires de la course,
et le taureau avait déjà éventré un cheval
sans qu'il eût jeté un seul regard au cirque.

Il contemplait la jeune fille placée à côté
de lui avec une fixité qui l'eût gênée sans
doute si elle s'en fût aperçue. Elle lui sem-
bla plus charmante encore que la première fois. Le travail d'idéalisation qui se
mêle toujours au souvenir et fait souvent

éprouver des déceptions quand on se re-
trouve en présence de l'objet rêvé n'avait
rien pu ajouter à la beauté de l'inconnue ;
il faut avouer aussi que jamais type plus
parfait de la femme espagnole ne s'était
assis sur les gradins de granit bleu du cirque de Madrid.

Le jeune homme, en extase, admirait
ce profil si nettement découpé, ce nez
mince et fier aux narines roses comme
l'intérieur d'un coquillage, ces tempes
pleines où, sous un léger ton d'ambre, se
croisait un imperceptible lacis de veines
bleues ; cette bouche fraîche comme une
fleur, savoureuse comme un fruit, entr'ouverte par un demi-sourire et illuminée par
un éclair de nacre, et surtout ces yeux
d'où le regard pressé par deux épaisses

franges de cils noirs jaillissait en irrésisti-
bles effluves.

C'était toute la pureté du type grec,
mais affinée par le caractère arabe, la
même perfection avec un accent plus sauvage, la même grâce mais plus cruelle;
les sourcils dessinaient leur arc d'ébène
sur le marbre doré du front d'un coup de
pinceau si hardi, les prunelles étaient
d'un noir si âprement noir, une pourpre
si riche éclatait dans la pulpe des lèvres,
qu'une pareille beauté eût eu quelque
chose d'alarmant dans un salon de Paris
ou de Londres; mais elle était parfaitement à sa place à la course de taureaux,
sous le ciel ardent de l'Espagne.

La vieille, qui ne donnait pas aux péri-
péties de l'arène la même attention que la

jeune, observait le manège d'Andrès avec
uu regard oblique et un air de dogue flairant un voleur. Joyeuse, cette physionomie était laide, refrognée elle était re-
poussante; ses rides semblaient plus creuses, et l'auréole brune qui cernait ses yeux
s'agrandissait et rappelait vaguement les
cercles de plume qui entourent les prunelles des chouettes; sa dent de sanglier
s'appuyait plus fortement sur sa lèvre cal-
leuse et des tics nerveux contractaient sa
face grimaçante.

Comme Andrès persistait dans sa con-
templation, la colère sourde de la vieille
augmentait d'instant en instant; elle se
tracassait sur son banc, faisait siffler son
éventail, donnait de fréquents coups de
coude à sa belle voisine, et lui adressait

toutes sortes de questions pour l'obliger
à tourner la tête de son côté; mais soit que
celle-ci ne comprit pas, ou qu'elle ne vou-
lût pas comprendre, elle répondait en
deux ou trois mots et reprenait son attitude
attentive et sérieuse.

— La peste soit de l'atroce sorcière! se
disait tout bas Andrès, et quel dommage
qu'on ait aboli l'inquisition! avec une figure pareille, on vous l'eût promenée,
sans enquête, à califourchon sur un âne,
coiffée du San-Benito et vêtue de la chemise soufrée, car elle sort évidemment
du séminaire de Barahona, et doit laver les
jeunes filles pour le Sabbat.

Juancho, dont le tour de tuer n'était pas
arrivé, se tenait dédaigneusement au milieu de la place, sans prendre plus souci

des taureaux que s'ils eussent été des
moutons ; à peine faisait-il un léger mouvement de corps et se dérangeait-il de
deux ou trois semelles lorsque la bête furieuse, se préoccupant de cet homme
ainsi immobile, faisait mine de fondre sur
lui.

Son bel œil noir lustré faisait le tour des
loges, des galeries et des gradins, où pal-
pitaient comme des ailes de papillons, des
essaims d'éventails de toutes nuances ; on
eût dit qu'il cherchait à reconnaître quelqu'un parmi ces spectateurs. Lorsque son
regard, promené circulairement, arriva
au gradin où la jeune fille et la vieille
femme étaient assises, un éclair de joie
illumina sa brune figure, et il fit un imperceptible mouvement de tête, espèce de

salut d'intelligence comme s'en permettent quelquefois les acteurs en scène.

— Militona, dit la vieille à voix basse, Juancho nous a vues ; prends garde à te bien tenir ; ce jeune homme te fait les doux yeux et Juancho est jaloux.

— Qu'est-ce que cela me fait, répondit Militona sur le même ton.

— Tu sais qu'il est homme à faire avaler une langue de bœuf à quiconque lui déplaît.

— Je ne l'ai pas regardé, ce monsieur, et d'ailleurs ne suis-je pas ma maîtresse ?

En disant qu'elle n'avait pas regardé Andrès, Militona faisait un petit mensonge. Elle ne l'avait pas regardé, — les femmes n'ont pas besoin de cela pour voir, — mais

elle aurait pu faire de sa personne la description la plus minutieuse.

En historien véridique, nous devons
dire qu'elle trouvait don Andrès de Salcedo
ce qu'il était en effet, un fort joli cavalier.

Andrès, pour avoir un moyen de lier
conversation, fit signe à l'un de ces marchands d'oranges, de fruits confits, de pastille et autres douceurs, qui se promènent
dans le corridor de la place, et offrent au
bout d'une perche leurs sucreries et leurs
dragées aux spectateurs qu'ils soupçon-
nent de galanterie. La voisine d'Andrès
était si jolie, qu'un marchand se tenait
aux environs, comptant sur une vente forcée

— Señorita, voulez-vous de ces pastilles?

dit Andrès avec un sourire engageant à sa belle voisine, en lui présentant la boîte ouverte.

La jeune fille se retourna vivement et regarda Andrès d'un air de surprise inquiète.

— Elles sont au citron et à la menthe, ajouta Andrès comme pour la décider.

Militona prenant tout-à-coup sa résolution, plongea ses doigts menus dans la boîte et en retira quelques pincées de pastilles.

« Heureusement Juancho a le dos tourné, grommela un homme du peuple qui se trouvait là, autrement il y aurait du rouge de répandu ce soir.

— Et Madame, en désire-t-elle, continua Andrès du ton le plus exquisement

poli, en tendant la boîte à l'horrible vieille,
que ce trait d'audace déconcerta au point
qu'elle prit, dans son trouble, toutes les
pastilles sans en laisser une.

Toutefois, en vidant la bonbonnière
dans le creux de sa main noire comme
celle d'une momie, elle jeta un coup-d'œil
furtif et effaré sur le cirque et poussa un
énorme soupir.

En ce moment l'orchestre sonna la
mort : c'était le tour à Juancho de tuer. Il
se dirigea vers la loge de l'ayuntamiento,
fit le salut et la demande de rigueur, puis
jeta en l'air sa montera avec la crânerie la
plus coquette. Le silence se fit tout-à-coup
parmi l'assemblée, ordinairement si tu-
multueuse ; l'attente oppressait toutes les
poitrines.

Le taureau que devait tuer Juancho était des plus redoutables , — pardonez-nous si, occupés d'Andrès et de Militona, nous ne vous avons pas conté ses prouesses en détail, — sept chevaux étendus, vides d'entrailles et découpant sur le sable aux différents endroits où l'agonie les avait fait tomber la mince silhouette de leur cadavre, témoignait de sa force et de sa furie. Les deux picadores s'étaient retirés moulus de chutes, presqu'éclopés et le *sobre-saliente* (doublure) attendait dans la coulisse en selle et la lance au poing, prêt à remplacer ses chefs d'emploi hors de service.

Les chulos se tenaient prudemment dans le voisinage de la palissade, le pied sur l'étrier de bois qui sert à la franchir en cas de péril; et le taureau vainqueur va-

guait librement par la place tachée çà et
là de larges mares de sang sur lesquelles
les garçons de combat n'osaient pas aller
secouer de la poussière, donnant des coups
de corne dans les portes, et jetant en l'air
les chevaux morts qu'il rencontrait sur
son passage.

— Fais ton fier, mon garçon, disait un
aficionado du peuple en s'adressant à la
bête farouche; jouis de ton reste, saute.
gambade, tu ne seras pas si gai tout à
l'heure : Juancho va te calmer.

En effet, Juancho marchait vers la bête
monstrueuse de ce pas ferme et délibéré
qui fait rétrograder même les lions.

Le taureau, étonné de se voir encore un
adversaire, s'arrêta, poussa un sourd beu-
glement, secoua la bave de son muffle,

grata la terre de son sabot, pencha deux ou trois fois la tête et recula de quelques pas.

Juancho était superbe à voir ; sa figure exprimait la résolution immuable ; ses yeux fixes, dont les prunelles entourées de blanc semblaient des étoiles de jais, dardaient d'invisibles rayons qui criblaient le taureau comme des flèches d'acier ; sans en avoir la conscience, il lui faisait subir ce magnétisme au moyen duquel le bel-luaire Van Amburg envoyait les tigres tremblants se blottir aux angles de leur cage.

Chaque pas que l'homme faisait en avant, la bête féroce le faisait en arrière.

A ce triomphe de la force morale sur la force brute, le peuple, saisi d'enthou-siasme, éclata en transports frénétiques ;

5

c'étaient des applaudissements, des cris, des trépignements à ne pas s'entendre; les amateurs secouaient à tour de bras les espèces de sonnettes et de tamtams qu'ils apportent à la course pour émettre le plus de bruit possible. Les plafonds craquaient sous les admirations de l'étage supérieur, et la peinture détachée s'envolait en tourbillons de pellicules blanchâtres.

Le torero, ainsi applaudi, l'éclair aux yeux, la joie au cœur, leva la tête vers la place où se trouvait Militona, comme pour lui reporter les bravos qu'on lui criait de toutes parts et lui en faire hommage.

Le moment était mal choisi. Militona avait laissé tomber son éventail, et don Andrès, qui s'était précipité pour le ramasser avec cet empressement à profiter

des moindres circonstances qui caracté-
rise les gens désireux de fortifier d'un fil
de plus la chaîne frêle d'une nouvelle liaison, le lui remettait d'un air tout heureux
et d'un geste le plus galant du monde.

La jeune fille ne put s'empêcher de remercier d'un joli sourire et d'une gracieuse
inclinaison de tête l'attention polie d'Andrès.

Ce sourire fut saisi au vol par Juancho;
ses lèvres pâlirent, son teint verdit, les orbites de ses yeux s'empourprèrent, sa
main se contracta sur le manche de la muleta, et la pointe de son épée, qu'il tenait
basse, creusa convulsivement trois ou
quatre trous dans le sable.

Le taureau n'étant plus dominé par
l'œillade fascinatrice, se rapprocha de son

adversaire sans que celui-ci songeât à se mettre en garde. L'intervalle qui séparait la bête de l'homme diminuait affreusement.

— En voilà un gaillard qui ne s'alarme pas! dirent quelques-uns plus robustes aux émotions. — Juancho, prends garde, disaient les autres plus humaines : Juancho de ma vie, Juancho de mon cœur, Juancho de mon âme, le taureau est presque sur toi!

Quant à Militona, soit que l'habitude des courses eût émoussé sa sensibilité, soit qu'elle eût toute confiance dans l'habileté souveraine de Juancho ou qu'elle portât un intérêt médiocre à celui qu'elle troublait si profondément, sa figure resta calme et sereine comme s'il ne se fût rien passé ; seulement, une légère rougeur monta à ses pommettes, et son sein souleva d'un mouvement un peu plus rapide les dentelles de sa mantille.

Les cris des assistants tirèrent Juancho de sa torpeur, il fit une brusque retraite de corps et agita les plis écarlate de sa muleta devant les yeux du taureau.

L'instinct de la conservation, l'amourpropre du gladiateur luttaient dans l'âme de Juancho avec le désir d'observer ce que faisait Militona ; un coup-d'œil égaré, un oubli d'une seconde pouvait mettre sa vie en péril dans ce moment suprême ; — situation infernale ! — être jaloux, voir auprès de la femme aimée un jeune homme attentif et charmant, et se trouver au milieu d'un cirque, sous la pression des re-

gards de douze mille spectateurs, ayant à
deux pouces de la poitrine les cornes brû-
lantes d'une bête farouche qu'on ne peut
tuer qu'à un certain endroit, et d'une certaine manière, sous peine d'être déshonoré.

Le torero redevenu maître de la *juridic-
tion*, comme on dit en argot tauromachi-
que, s'établit solidement sur ses talons et
fit plusieurs passes avec la muleta pour
forcer le taureau à baisser la tête.

Que pouvait lui dire ce jeune homme,—
ce drôle, — à qui elle souriait si doucement, — pensait Juancho, oubliant qu'il
avait devant lui un adversaire redoutable,
et involontairement il releva les yeux.

Le taureau, profitant de cette distraction, fondit sur l'homme; celui-ci, pris de
court, fit un saut en arrière, et, par un

mouvement presque machinal, porta son
estocade au hasard ; le fer entra de quelques pouces ; mais, poussé dans un endroit défavorable, il rencontra l'os et, se-
coué par la bête furieuse, rejaillit de la
blessure avec une fusée de sang et alla retomber à quelques pas plus loin. — Juancho était désarmé et le taureau plein de
vie ; car ce coup perdu n'avait fait qu'exas-
pérer sa rage. Les chulos accoururent faisant onduler leurs capes roses et bleues.

Militona avait légèrement pâli, la vieille
poussait des ayes et des hélas ! et gémis-
sait comme un cachalot échoué.

Le public, à la vue de la maladresse in-
concevable de Juancho, se mit à faire un
de ces triomphants vacarmes dans lesquels
excelle le peuple espagnol : c'était un ou-

ragan d'épithètes outrageuses, de vociféra-
tions et malédictions. « Fuera, fuera,
criait-on de toutes parts, le chien, le voleur, l'assassin! Aux présides! à Ceuta!
Gâter une si belle bête, boucher maladroit!
bourreau! » et tout ce que peut suggérer
en pareille occasion l'exubérance méridio-
nale toujours portée aux extrêmes.

Cependant, Juancho se tenait debout
sous ce déluge d'injures : se mordant les
lèvres et déchirant de sa main restée libre la dentelle de son jabot. Sa manche
ouverte par la corne du taureau laissait
voir sur son bras une longue rayure vio-
lette. Un moment il chancela, et l'on put
croire qu'il allait tomber suffoqué par la
violence de son émotion; mais il se remit
bien vite, courut à son épée comme ayant

arrêté un projet dans son esprit, la ramassa, la fit passer sous son pied pour en redresser la lame fléchie, et se posa de manière à tourner le dos à la partie de la place où se trouvait Militona.

Sur un signe qu'il fit, les chulos lui amenèrent le taureau en l'amusant de leurs capes, et cette fois, débarrassé de toute préoccupation, il porta à l'animal une estocade de haut en bas dans toutes les règles, et que le grand Montés de Chiclana lui-même n'eût pas désavouée.

L'épée plantée au défaut de l'épaule s'élevait avec sa poignée en croix entre les cornes du taureau et rappelait ces gravures gothiques où l'on voit saint Hubert à genoux devant un cerf portant un crucifix dans ses ramures.

L'animal s'agenouilla pesamment devant Juancho comme rendant hommage
à sa supériorité, et après une courte con-
vulsion roula les quatre sabots en l'air.

—Juancho a pris une brillante revanche!
quelle belle estocade! je l'aime mieux
qu'Arjona et le Chiclanero, qu'en pensez-
vous, señorita, dit Andrès tout-à-fait enthousiasmé à sa voisine.

— Pour Dieu, Monsieur, ne m'adressez
plus un mot, répondit Militona très vite,
sans presque remuer les lèvres et sans détourner la tête.

Ces paroles étaient dites d'un ton si im-
pératif et si suppliant à la fois, qu'Andrès
vit bien que ce n'était pas le « finissez »
d'une fillette qui meurt d'envie que l'on
continue.

Ce n'était pas la pudeur de la jeune fille qui lui dictait ces paroles, les essais de conversation d'Andrès n'avaient rien qui méritât une telle rigueur, et les manolas, qui sont les grisettes de Madrid, sans vouloir en médire, ne sont pas, en général d'une susceptibilité si farouche.

Un effroi véritable, le sentiment d'un danger qu'Andrès ne pouvait comprendre, vibraient dans cette phrase brève, décochée de côté et qui paraissait être elle-même un péril de plus.

— Serait-ce une princesse déguisée? se dit Andrès assez intrigué et incertain du parti qu'il devait prendre. Si je me tais, j'aurai l'air d'un sot ou tout au moins d'un don Juan médiocre; si je persiste, peut-être attirerai-je à cette belle enfant quelque

scène désagréable. — Aurait-elle peur de
la duègne? Non, puisque cette aimable
gaillarde a dévoré toutes mes pastilles,
elle est un peu complice, et ce n'est pas
elle que redoute mon infante. Y aurait-il
ici autour quelque père, quelque frère,
quelque mari ou quelqu'amant jaloux?

Personne ne pouvait être rangé dans aucune de ces catégories parmi les gens qui
entouraient Militona; ils avaient des airs
effacés et des physionomies vagues : évidemment nul lien ne les rattachait à la
belle manola.

Jusqu'à la fin de la course, Juancho ne
regarda pas une seule fois du côté du tendido et dépêcha les deux taureaux qui lui
revenaient avec une maestria sans égale;

on l'applaudit aussi furieusement qu'on l'avait sifflé,

Andrès, soit qu'il jugeât prudent de ne pas renouer l'entretien après cette phrase, dont le ton alarmé et suppliant l'avait touché, soit qu'il ne trouvât pas de manière heureuse de rentrer en conversation, n'adressa plus un mot à Militona, et même il se leva quelques minutes avant la fin de la course.

En enjambant les gradins pour se retirer, il dit tout bas quelques mots à un jeune garçon à physionomie intelligente et vive et disparut.

Le petit drôle, lorsque le public sortit, eut soin de marcher dans la foule, sans affectation et de l'air le plus dégagé du monde, derrière Militona et la duègne. —

Il les laissa remonter toutes deux dans leur
calesin, puis, ayant l'air de céder à un mouvement de gaminerie lorsque la voiture
s'ébranla sur ses grandes roues écarlates,
il se suspendit à la caisse des pieds et des
mains, en chantant à tue-tête la chanson
populaire des taureaux de Puerto.

La voiture s'éloigna dans un tourbillon
de bruit et de poussière.

— Bon, se dit Andrès qui vit d'une allée
du Prado où il était déjà parvenu, passer
le calesin à toute vitesse avec le muchacho
hissé par derrière, — je saurai ce soir l'a-
dresse de cette charmante créature et que
le duo de Bellini me soit léger !

III

Le jeune garçon devait venir rendre
compte de sa mission à don Andrès qui
l'attendait en fumant un cigare dans une
allée du Prado, aux environs du monu-
ment élevé aux victimes du 2 mai.

Tout en poussant devant lui les bouffées
de tabac qui se dissipaient en bleuàtres
spirales, Andrès faisait son examen de

conscience, et ne pouvait guère s'empêcher de reconnaître qu'il était sinon amoureux, du moins très vivement préoccupé
de la belle manola. — Quand même la
beauté de la jeune fille n'eût pas suffi pour
mettre en feu le cœur le moins inflamma-
ble, l'espèce de mystère que semblait annoncer son effroi quand Andrès lui avait
adressé la parole après l'accident arrivé à
Juancho, ne pouvait manquer de piquer
la curiosité de tout jeune homme un peu
aventureux : à vingt-cinq ans, sans être
don Quichotte de la Manche, l'on est
toujours prêt à défendre les princesses que
l'on suppose opprimées.

Féliciana, la demoiselle si bien élevée,
que devenait-elle à travers tout cela ? Andrès en était assez embarrassé, mais il se

dit que son mariage avec elle ne devant
avoir lieu que dans six mois, cette légère
amourette aurait le temps d'être menée à
bien, rompue et oubliée avant le terme fatal, et que d'ailleurs rien n'était si facile
à cacher qu'une intrigue de ce genre, Féliciana et la jeune fille vivant dans des
sphères à ne jamais se rencontrer. — Ce
serait sa dernière folie de garçon; — car
dans le monde on appelle folie aimer une
jeune fille, gracieuse et charmante, et raison épouser une femme laide, revêche, et
qui vous déplaît; — après il vivrait en er-
mite, en sage, en vrai martyr conjugal.

Les choses ainsi arrangées dans sa tête,
Andrès s'abandonna aux plus agréables
rêveries. — Il était tenu, par dona Féliciana Vasquez de los Rios à un régime de

6

bon ton et d'amusement de bon goût qui
lui pesait fort, bien qu'il n'osât protester ;
il lui fallait se conformer à une foule d'habitudes anglaises, au thé, au piano, aux
gants jaunes, aux cravates blanches, au
vernis , sans circonstance atténuante, à la
danse marchée, aux conversations sur les
modes nouvelles, aux grands airs italiens,
toutes choses qui répugnaient à son humeur naturellement libre et gaie. Malgré
lui le vieux sang espagnol s'insurgeait
dans ses veines contre l'envahissement de
la civilisation du nord.

Se supposant déjà l'amant heureux de la
manola du cirque , — quel homme n'est
pas un peu fat, au moins en pensée ? — il
se voyait déjà dans la petite chambre de
la jeune fille, débarrassé de son frac, et

faisant une collation de pâtisseries, d'oranges, de fruits confits, arrosée de flacons de vin de péralta, et de Pedro Jiménès plus ou moins légitimes que la tia aurait été chercher à la boutique de vins généreux la plus proche.

Prenant un *papel de hilo* teint au jus de réglisse, la belle enfant roulait dans la mince feuille quelques brins de tabac coupés d'un trabuco, et lui offrait une cigarette tournée avec la plus classique perfection.

Puis, repoussant la table du pied, elle allait décrocher du mur une guitare qu'elle remettait à son galant, et une paire de castagnettes de bois de grenadier, qu'elle s'ajustait aux pouces en serrant la gance qui les noue de ses petites dents de nacre,

et se mettait à danser avec une souplesse
et une expression admirables une de ces
vieilles danses espagnoles où l'Arabie a
laissé sa langueur brûlante et sa passion
mystérieuse , en murmurant d'une voix
entrecoupée quelque ancien couplet de
Seguidille , incohérent et bizarre , mais
d'une poésie pénétrante.

Pendant qu'Andrès s'abandonnait à ses
voluptueuses rêveries avec tant de bonne
foi , qu'il marquait la mesure des castagnettes en faisant craquer ses phalanges,
le soleil baissait rapidement et les ombres
devenaient longues. — L'heure du dîner
approchait ; car aujourd'hui , à Madrid ,
les personnes bien situées se mettent à table à l'heure de Paris ou de Londres , et le
messager d'Andrès ne revenait pas ; quand

même la jeune fille eût logé à l'extrémité
opposée de la ville, à la porte San Joachin
ou San Gerimon, le jeune drôle eût eu
le temps, et bien au-delà, de faire deux
fois la course, surtout en considérant que,
dans la première partie du voyage, il
était perché sur l'arrière-train de la voiture.

Ce retard étonna et contraria vivement
Andrès, qui ne savait où retrouver son
émissaire, et qui voyait ainsi se terminer
au début une aventure qui promettait
d'être piquante. Comment se remettre sur
la piste une fois perdue, quand on ne pos-
sède pas le plus petit indice pour se gui-
der, pas un détail, pas même un nom, et
qu'il faut compter sur le hasard décevant
des rencontres ?

— Peut-être est-il arrivé quelque incident dont je ne puis me rendre compte ;
attendons encore quelques minutes, se dit
Andrès.

Profitant de la permission d'ubiquité
accordée aux conteurs, nous suivrons le
calesin dans sa course rapide. Il avait d'a-
bord longé le Prado, puis s'était enfoncé
dans la rue de San-Juan, ayant toujours
l'émissaire d'Andrès accroché des pieds et
des mains à ses ressorts, ensuite il avait
gagné la rue de los Desamparados. Au milieu à peu près de cette rue, le calesero,
sentant de la surcharge, avait envoyé au
pauvre Perico, avec une dextérité extrême,
un coup de fouet bien sanglé à travers la
figure qui l'avait forcé à lâcher prise.

Lorsqu'après s'être frotté les yeux tout

pleurants de douleur il eut recouvré la fa-
culté de voir, le calesin était déjà au bout
de la rue de la Fé, et le bruit de ses roues
sur le pavé inégal allait s'affaiblissant. —
Perico, excellent coureur comme tous les
jeunes Espagnols, et pénétré de l'importance de sa mission, avait pris ses jambes
à son cou, et il eût assurément rattrapé la
voiture si celle-ci eût roulé en ligne droite ;
mais, à l'extrémité de la rue, elle fit un
coude, et Perico la perdit de vue un instant. Quand il tourna l'angle à son tour, le
calesin avait disparu. — Il était entré dans
ce lacis de rues et de ruelles qui avoisinent
la place de Lavapiès. Avait-il pris la rue
del Povar ou celle de Santa Inès, celle de
las Damas ou de San Lorenzo ? C'est ce
que Perico ne put démêler ; il les parcou-

rut toutes en espérant voir le calesin arrêté devant quelque porte : il fut trompé
dans son espoir ; seulement il rencontra
sur la place la voiture qui revenait à vide
et dont le conducteur, faisant claquer son
fouet comme des détonations de pistolet
par une sorte de menace ironique, se hâ-
tait pour aller prendre un autre charge-
ment.

Dépité de n'avoir pu faire ce qu'Andrès
lui avait demandé, Perico s'était promené
quelque temps dans les rues, où il présumait que le calesin avait déposé ses deux
pratiques, pensant avec cette précoce intelligence des passions qu'ont les enfants
méridionaux, qu'une si jolie fille ne pouvait manquer d'avoir un galant et de se
mettre à la fenêtre pour le regarder venir,

ou de sortir pour l'aller retrouver s'il ne
venait pas, le jour des taureaux étant con-
sacré à Madrid aux promenades, aux par-
ties fines et aux divertissements ; ce calcul
n'était pas dénué de justesse. En effet,
bien des jolies têtes souriaient, encadrées
aux fenêtres, et se penchaient sur les bal-
cons, mais aucune n'était celle de la manola qu'on l'avait chargé de suivre. — De
guerre lasse, après s'être lavé les yeux à
la fontaine de Lavapiès, il redescendit
vers le Prado pour rendre compte à don
Andrès de sa mission. S'il ne rapportait
pas l'adresse précise, il était du moins à
peu près certain que la belle demeurait
dans une des quatre rues dont nous
avons cité le nom ; et, comme elles sont
très courtes, c'était déjà moins vague

que de la chercher dans tout Madrid.

S'il fût resté quelques minutes de plus,
il aurait vu un second calesin s'arrêter devant une maison de la rue del Povar, et
un homme, soigneusement embossé, et le
manteau sur les yeux, sauter légèrement à
bas de la voiture, et s'enfoncer dans l'allée. Le mouvement du saut dérangea les
plis de la cape qui laissa briller un éclair
de paillon, et découvrit des bas de soie
étoilés de quelques gouttelettes de sang, et
tendus par une jambe nerveuse.

Vous avez sans doute déjà reconnu
Juancho. En effet, c'était lui. Mais pour
Perico, aucun lien ne rattachait Juancho à
Militona, et sa présence n'eût pas été un
indice de l'endroit où demeurait la jeune
fille. D'ailleurs, Juancho pouvait rentrer

chez lui. C'était même la version la plus
vraisemblable. Après une course aussi
dramatique que celle-là, il devait avoir
besoin de repos et d'appliquer quelques
compresses sur l'égratignure de son
bras, car les cornes du taureau sont ve-
nimeuses et font des blessures lentes à
guérir.

Perico se dirigea d'un pas allongé du
côté de l'obélisque du Deux-Mai, où Andrès lui avait donné rendez-vous. Autre
anicroche. — Andrès n'était pas seul.
Doña Féliciana, qui était sortie pour quelque emplette avec une de ses amies,
qu'elle reconduisait, avait aperçu de sa
voiture son fiancé se promenant avec une
impatience nerveuse; elle était descen-
due, ainsi que son amie, et, s'approchant

d'Andrès, elle lui avait demandé si c'était
pour composer un sonnet ou un madrigal qu'il errait ainsi sous les arbres à
l'heure où les mortels moins poétiques se
livrent à leur nourriture. — Le malheureux Andrès, pris en flagrant délit de commencement d'intrigue, ne put s'empêcher
de rougir un peu et balbutia quelques ga-
lanteries banales; il enrageait dans son
âme bien que sa bouche sourit. Perico,
incertain, décrivait autour du groupe des
cercles embarrassés; — tout jeune qu'il
était il avait compris qu'il ne fallait pas
donner à un jeune homme l'adresse d'une
manola devant une jeune personne si bien
habillée à la française. — Seulement il
s'étonnait en lui-même qu'un cavalier
qui connaissait de si belles dames à cha-

peaux prît intérêt à une manola en mantille.

— Que nous veut donc ce garçon, qui
nous regarde avec ses grands yeux noirs
comme s'il voulait nous avaler?

— Il attend sans doute que je lui jette
le bout de ce cigare éteint, répondit Andrès en joignant l'action à la parole et en
faisant un imperceptible signe qui voulait dire : reviens, quand je serai débarrassé.

L'enfant s'éloigna et tirant un petit bri-
quet de sa poche, fit du feu et se mit à hu-
mer le havane avec la componction d'un
fumeur accompli.

Mais Andrès n'était pas au bout de ses
peines. Féliciana se frappa le front de sa
main étroitement gantée, et dit, comme

sortant d'un rêve : « Mon Dieu, j'étais si
préoccupée tantôt de notre duo de Bellini,
que j'ai oublié de vous dire que mon père,
don Geronimo, vous attend à dîner ; il
voulait vous écrire ce matin, mais comme
je devais vous voir dans l'après-midi, je
lui ai dit que ce n'était pas la peine. Il est
déjà bien tard, dit-elle en consultant une
petite montre grande comme l'ongle ;
montez en voiture avec nous, nous met-
trons Rosa chez elle, et nous retournerons
à la maison ensemble.

Si l'on s'étonne de voir une jeune personne si bien élevée prendre un jeune
homme dans sa voiture, nous ferons observer que sur le devant de la calèche
était assise une gouvernante anglaise,
raide comme un pieu, rouge comme une

écrevisse, et ficelée dans le plus long des corsets, dont l'aspect suffisait pour mettre en fuite les amours et les médisances.

Il n'y avait pas moyen de reculer; après avoir présenté la main à Féliciana et son amie pour les aider à monter, il prit place sur le devant de la calèche, à côté de miss Sarah, furieux de n'avoir pu entendre le rapport de Perico qu'il croyait mieux renseigné, et avec la perspective d'une soirée musicale indéfiniment prolongée.

Comme nous pensons que la description d'un dîner bourgeois n'aurait rien d'intéressant pour vous, nous irons à la recherche de Militona, espérant être plus heureux dans nos investigations que Perico.

Militona demeurait, en effet, dans une
des rues soupçonnées par le jeune espion
d'Andrès. Vous dire le genre d'architecture auquel appartenait la maison qu'elle
habitait avec beaucoup d'autres, serait fort
difficile, à moins que ce ne fût à l'ordre
composite. La plus grande fantaisie avait
présidé au percement des baies, dont pas
une n'était pareille. Le constructeur semblait s'être donné pour but la symétrie in-
verse, car rien ne se correspondait dans
cette façade désordonnée; les murailles,
presque toutes hors d'aplomb, faisaient
ventre et paraissaient s'affaisser sous leurs
poids; des S et des croix de fer les conte-
naient à peine, et, sans les deux maisons
voisines, un peu plus solides, où elle s'é-
paulait, elle serait tombée infailliblement

au travers de la rue ; au bas, le plâtre écaillé par larges plaques, laissait voir le pisé des murs ; le haut, mieux conservé, offrait des traces d'ancienne peinture rose, qui paraissait comme la rougeur de cette pauvre maison honteuse de sa misère.

Près d'un toit de tuiles tumultueux et découpant sur l'azur du ciel, un feston brun, édenté çà et là, souriait une petite fenêtre, encadrée d'un récent crépi de chaux ; une cage, à droite, contenait une caille, une autre, à gauche, d'une dimension presque imperceptible, ornée de perles de verre rouge et jaune, servait de palais et de cellule à un grillon. — Car les Espagnols, à qui les Arabes ont laissé le goût des rythmes persistants, aiment beaucoup les chants monotones, frappés à temps

7

égaux, de la caille et du grillon. — Une
jarre de terre poreuse, suspendue par les
anses, à une ficelle et couverte d'une sueur
perlée, rafraîchissait l'eau à la brise nais-
sante du soir, et laissait tomber quelques
gouttes sur deux pots de basilic placés au
dessous. — Cette fenêtre, c'était celle de la
chambre de Militona. De la rue un observateur eût deviné tout de suite que ce nid
était habité par un jeune oiseau ; la jeunesse et la beauté exercent leur empire,
même sur les choses inanimées, et y po-
sent involontairement leur cachet.

Si vous ne craignez pas de vous engager
avec nous dans cet escalier aux marches
calleuses, à la rampe miroitée, nous y suivrons Militona, qui monte en sautillant les
degrés rompus avec toute l'élasticité d'un

jarret de dix-huit ans ; elle nage déjà dans
la lumière des étages supérieurs tandis que
la tia Aldonza, retenue dans les limbes
obscures des premières marches, pousse
des han de saint Joseph et se pend désespérément des deux mains à la corde
grasse.

La belle fille, soulevant un bout de spar-
terie jetée devant une de ces portes de
sapin à petits panneaux multipliés, si communes à Madrid, prit sa clé et ouvrit.

Une si pauvre chambre ne pouvait guère
tenter les voleurs et n'exigeait pas de
grandes précautions de fermeture : ab-
sente, Militona la laissait ouverte, mais,
quand elle y était, elle la fermait soigneusement. Il y avait alors un trésor dans ce

mince taudis, sinon pour les voleurs, du moins pour les amoureux.

Une simple couche de chaux remplaçait sur la muraille le papier et la tenture; un miroir dont l'étamage rayé ne reflétait que fort imparfaitement la charmante figure qui le consultait; une statuette en plâtre de Saint-Antoine accompagnée de deux vases de verre bleu, contenant des fleurs artificielles; une table de sapin, deux chaises et un petit lit recouvert d'une courte-pointe de mousseline avec des volants découpés en dents de loup formaient tout l'ameublement. N'oublions pas quelques images de Notre-Dame et des saints, peintes et dorées sur verre avec une naïveté bizantine ou russe, une gravure du Deux-Mai, —l'enterrement de Daoiz et Vélarde,—

un picador à cheval d'après Goya, — plus un
tambour de basque faisant pendant à une
guitare : par un mélange du sacré et du
profane, dont l'ardente foi des pays vraiment catholiques ne s'alarme pas, entre
ces deux instruments de joie et de plaisirs
s'élevait une longue palme tirebouchon-
née, rapportée de l'église le jour de Pâ-
ques-Fleuries.

Telle était la chambre de Militona, et
bien qu'elle ne renfermât que les choses
strictement nécessaires à la vie, elle n'a-
vait pas l'aspect aride et froid de la misère ; un rayon joyeux l'illuminait ; le rouge
vif des briques du plancher était gai à l'œil,
aucune ombre difforme ne trouvait à s'accrocher, avec ses ongles de chauve-souris
dans ces angles d'une blancheur écla-

tante, aucune araignée ne tendait sa toile
entre les solives du plafond, tout était frais,
souriant et clair dans cette pièce meu-
blée de quatre murs ; en Angleterre c'eût
été le dénuement le plus profond, en Es-
pagn   c'était presque l'aisance et plus
qu'il n'en fallait pour être aussi heureux
qu'en paradis.

La vieille était enfin parvenue à se his-
ser jusqu'au haut de l'escalier ; elle entra
dans le charmant réduit et s'affaissa sur
une des deux chaises que son poids fit
craquer d'une manière alarmante.

— Je t'en prie, Militona, décroche-moi
la jarre, que je boive un coup ; j'étouffe,
j'étrangle ; la poussière de la place et ces
damnées pastilles de menthe m'ont mis le
feu au gosier.

— Il ne fallait pas les manger à poignées, tia, répondit la jeune fille avec un sourire en inclinant le vase sur les lèvres de la vieille.

Aldonza but trois ou quatre gorgées, passa le dos de sa main sur sa bouche et s'éventa en silence sur un rythme rapide.

— A propos de pastilles, dit-elle après un soupir, quels regards furieux lançait Juancho de notre côté ; je suis sûre qu'il a manqué le taureau parce que ce joli monsieur te parlait ; il est jaloux comme un tigre ce Juancho, et s'il a pu le retrouver, il lui aura fait passer un mauvais quart d'heure. — Je ne donnerais pas beaucoup d'argent de la peau de ce jeune homme, car elle court risque d'être fen-

due par de fameuses estafilades. Te rap-
pelles-tu la belle aiguillette qu'il a levée
sur ce Luca, qui voulait t'offrir un bouquet
à la romeria de San-Isidro.

— J'espère que Juancho ne se portera
à aucune de ces fâcheuses extrémités ;
j'ai prié ce jeune homme de ne plus m'a-
dresser la parole, d'un ton si suppliant et
absolu, qu'il n'a plus rien dit à dater de ce
moment ; il a compris mon effroi et en a
eu pitié. Mais quelle affreuse tyrannie
d'être ainsi poursuivie de cet amour féroce.

— C'est ta faute, dit la vieille, pourquoi
es-tu si jolie ?

Un coup sec, frappé à la porte comme
par un doigt de fer, interrompit la conversation des deux femmes.

La vieille se leva et alla regarder par le petit judas grillé, et fermé d'un volet, pratiqué dans la porte, à hauteur d'homme, selon l'usage espagnol.

A l'ouverture parut la tête de Juancho, pâle sous la teinte bronzée dont le soleil de l'arène l'avait revêtue.

Aldonza entrebâilla la porte et Juancho entra. Son visage trahissait les violentes émotions qui l'avaient agité dans le cirque; on y lisait une rage concentrée, car pour cette âme entichée d'un grossier point d'honneur, les bravos n'effaçaient pas les sifflets; il se regardait comme déshonoré et obligé aux plus téméraires prouesses pour se réhabiliter dans l'opinion publique et vis-à-vis de lui-même.

Mais ce qui l'occupait surtout, et ce qui

portait sa fureur au plus haut degré, c'é-
tait de n'avoir pu quitter l'arène assez tôt
pour rejoindre le jeune homme qui paraissait si galant auprès de Militona; où le retrouver maintenant? — Sans doute il avait
suivi la jeune fille, — il lui avait parlé encore.

A cette idée, sa main tâtait machinalement sa ceinture pour y chercher son couteau.

Il s'assit sur l'autre chaise. Militona, appuyée à la fenêtre, déchiquetait la capsule
d'un œillet rouge effeuillé; la vieille s'é-
ventait par contenance; un silence gênant
régnait entre les trois personnages; ce fut
la vieille qui le rompit.

— Juancho, dit-elle, votre bras vous
fait-il toujours souffrir?

— Non, répondit le torero, en attachant son regard profond sur Militona.

— Il faudrait y mettre des compresses d'eau et de sel, continua la vieille pour ne pas laisser tomber aussitôt la conversation.

Mais Juancho ne fit aucune réponse, et, comme dominé par une idée fixe, il dit à Militona :

— Quel était ce jeune homme placé à côté de vous à la course de taureaux ?

— C'est la première fois que je le rencontre ; je ne le connais pas.

— Mais vous voudriez le connaitre ?

— La supposition est polie. — Eh bien ! quand cela serait ?

— Si cela était, je le tuerais, ce char-

mant garçon en bottes vernies, en gants
blancs et en frac.

— Juancho, vous parlez comme un insensé; vous ai-je donné en rien le droit
d'être jaloux de moi; — vous m'aimez,
dites-vous; est-ce ma faute et faut-il parce
qu'il vous a pris fantaisie de me trouver jolie, que je me mette à vous adorer sur-le-
champ?

— Ça, c'est vrai, elle n'y est pas forcée,
dit la vieille; — mais pourtant, à vous
deux, vous feriez un beau couple! jamais
main plus fine ne se serait posée sur un
bras plus vigoureux, et si vous dansiez ensemble une cachucha au jardin de Las
Delicias, ce serait à monter sur les chaises.

— Ai-je fait la coquette avec vous, Juan-
ho? vous ai-je attiré par des œillades,

des sourires et des mines penchées?

— Non, répondit le torero d'une voix creuse.

— Je ne vous ai jamais fait de promesses ni permis de concevoir d'espérances ; je vous ai toujours dit oubliez-moi. — Pourquoi me tourmenter et m'offenser par vos violences que rien ne justifie ? — Faudra-t-il donc, parce que je vous ai plu, que je ne puisse laisser tomber un regard qui ne soit un arrêt de mort ? — Ferez-vous toujours la solitude autour de moi ? — Vous avez estropié ce pauvre Luca, un brave garçon qui m'amusait et me faisait rire, et blessé grièvement Ginès, votre ami, parce qu'il m'avait effleuré la main ; croyez-vous que tout cela arrange beaucoup vos affaires ? Aujourd'hui vous faites des extrava-

gances dans le cirque ; pendant que vous
m'espionnez, vous laissez arriver les taureaux sur vous, et donnez une pitoyable
estocade !

— Mais c'est que je t'aime, Militona, de
toutes les forces de mon âme, avec toute
la fougue de ce sang qui calcine mes
veines ; c'est que je ne vois que toi au
monde, et que la corne d'un taureau m'en-
trant dans la poitrine ne me ferait pas détourner la tête quand tu souris à un autre
homme ; je n'ai pas les manières douces,
c'est vrai, car j'ai passé ma jeunesse à lutter corps à corps avec les bêtes farouches ;
tous les jours je tue et m'expose à être tué ;
je ne puis pas avoir la douceur de ces petits jeunes gens délicats et minces comme
des femmes, qui perdent leur temps à se

faire friser et à lire les journaux ! — Au moins si tu n'es pas à moi, tu ne seras pas à d'autre ! reprit Juancho après une pause, en frappant la table avec force, et comme résumant par ce coup de poing son monologue intérieur.

Et là-dessus il se leva brusquement et sortit en grommelant :

— Je saurai bien le trouver et lui mettre trois pouces de fer dans le ventre.

Retournons maintenant auprès d'Andrès qui, piteusement planté devant le piano, fait sa partie dans le duo de Bellini avec un luxe de notes fausses à désespérer Feliciana. Jamais soirée élégante ne lui avait inspiré plus d'ennui, et il donnait à tous les diables la marquise de Benavidès et sa tertulia.

Le profil si pur et si fin de la jeune manola, ses cheveux de jais, son œil arabe,
sa grâce sauvage, son costume pittoresque, lui faisaient prendre un plaisir médiocre aux douairières en turban qui garnissaient le salon de la marquise. Il trouva sa
fiancée décidément laide, et sortit tout-
à-fait amoureux de Militona.

Comme il descendait la rue d'Alcala
pour retourner chez lui, il se sentit tirer
par la basque de son habit ; c'était Perico
qui, ayant fait de nouvelles découvertes,
tenait à lui rendre compte de sa mission,
et aussi peut-être à toucher le douro promis.

— Cavalier, dit l'enfant, elle demeure
dans la rue d'el Povar, la troisième maison
à droite. Je l'ai vue tantôt à sa fenêtre qui
prenait la jarre à rafraîchir l'eau.

IV

Ce n'est pas le tout de connaître le nid
de la colombe, se dit don Andrès en s'é-
veillant après un sommeil que l'image de
Militona avait traversé plus d'une fois de
sa gracieuse apparition, il faut encore arriver jusqu'à elle; comment s'y prendre?
Je ne vois guère d'autre moyen que de
m'aller établir en croisière devant sa mai-

son, et d'observer les tenants et les abou-
tissants. Mais si je vais dans ce quartier,
habillé comme je suis, — c'est-à-dire
comme la dernière gravure de mode de
Paris, — j'attirerai l'attention, et cela me
gênerait dans mes opérations de reconnaissance. Dans un temps donné, elle doit
sortir ou rentrer ; car je ne suppose pas
qu'elle ait sa chambrette approvisionnée,
pour six mois de dragées et de noisettes ;
je l'accosterai au passage avec quelque
phrase galamment tournée, et je verrai
bien si elle est aussi farouche à la conversation qu'elle l'était à la place de Taureaux. Allons au Rastro acheter de quoi
nous transformer de fashionnable en manolo ; ainsi déguisé, je n'éveillerai les
soupçons d'aucun jaloux et d'aucun frère

féroce, et je pourrai, sans faire semblant
de rien, prendre des informations sur ma
belle.

Ce projet arrêté, Andrès se leva, avala
à la hâte une tasse de chocolat à l'eau, et
se dirigea vers le Rastro, qui est comme le
temple de Madrid : l'endroit où l'on trouve
tout, excepté une chose neuve. Il se sentait tout heureux et tout gai ; l'idée que la
jeune fille ne pouvait pas l'aimer ou en
aimer un autre ne lui était pas venue : il
avait cette confiance qui trompe rarement,
car elle est comme la divination de la
sympathie ; l'ancien esprit d'aventure espagnol se réveillait en lui. Ce travestissement l'amusait, et quoique l'infante à
conquérir ne fût qu'une manola, il se promettait du plaisir à se promener sous sa

fenêtre en manteau couleur de muraille :
le danger que l'effroi de la jeune fille faisait
pressentir ôtait à cette conquête ce qu'elle
pouvait avoir de vulgaire.

Tout en forgeant dans sa tête ces mille
et mille stratagèmes qui s'écroulent les uns
sur les autres et dont aucun ne peut servir
à l'occasion, Andrès arriva au Rastro.

C'est un assez curieux endroit que le
Rastro. Figurez-vous un plateau mon-
tueux, une espèce de butte entourée de
maisons chétives et malsaines, où se prati-
quent toutes sortes d'industries suspectes.

Sur ce tertre et dans les rues adjacentes
se tiennent des marchands de bric-à-brac
de bas aloi, fripiers, marchands de fer-
railles, de chiffons, de verres cassés, de
tout ce qui est vieux, sale, déchiré, hors de

service. Les taches et les trous, les frag-
ments méconnaissables, le tesson de la
borne, le clou du ruisseau trouvent là des
acheteurs; c'est un singulier mélange où
les haillons de tous les états ont des rencontres philosophiques; le vieil habit de
cour dont on a décousu les galons coudoie
la veste de paysan aux parements multi-
colores; la jupe à paillettes désargentées
de la danseuse est pendue à côté d'une
soutane élimée et rapiécée. Des étriers de
picador sont mêlés à des fleurs fausses, à
des livres dépareillés, à des tableaux noirs
et jaunes, — à des portraits qui n'intéres-
sent plus personne, — Rabelais ou Balzac
vous feraient là-dessus une énumération
de quatre pages.

Cependant, en remontant vers la place,

il y a quelques boutiques un peu plus relevées où l'on trouve des habits qui, sans
être neufs, sont encore propres et peu-
vent être portés par d'autres que des su-
jets du royaume picaresque.

Ce fut dans une de ces boutiques qu'Andrès entra.

Il y choisit un costume de manolo assez
frais, et qui avait dû, dans sa primeur,
procurer à son heureux possesseur bien
des conquêtes dans la red San-Luis, la rue
del Barquillo et la place Santa-Ana : ce
costume se composait d'un chapeau à
cime tronquée, à bords évasés en turban
et garnis de velours, d'une veste ronde
tabac d'Espagne, à petits boutons, de pan-
talons larges, d'une grande ceinture de
soie et d'un manteau de couleur sombre.

Tout cela était usé juste à point pour avoir
perdu son lustre, mais ne manquait pas
d'une certaine élégance.

Andrès s'étant contemplé dans une
grande glace de Venise à bizeau, entourée
d'un cadre magnifique, et venue là on ne
sait d'où, se trouva à son gré. En effet, il
avait ainsi une tournure délibérée, svelte,
faite pour charmer les cœurs sensibles de
Lavapiès.

Après avoir payé et fait mettre les
habits à part, il dit au marchand qu'il reviendrait le soir se costumer dans sa boutique, ne voulant pas qu'on le vît sortir de
chez lui travesti.

En revenant, il passa par la rue d'el
Povar; il reconnut tout de suite la fenêtre
entourée de blanc et la jarre suspendue

dont Perico lui avait parlé ; mais rien ne semblait indiquer la présence de quelqu'un dans la chambre ; un rideau de mousseline, soigneusement fermé, rendait la vitre opaque au dehors.

Elle est sans doute sortie pour aller vaquer à quelque ouvrage ; elle ne rentrera que la journée finie, car elle doit être couturière, cigarera, brodeuse ou quelque chose approchant, se dit Andrès, et il continua sa route.

Militona n'était pas sortie, et, penchée sur la table, elle ajustait les différentes pièces d'un corsage de robe étalé sur la table. — Quoiqu'elle ne fît rien de mystérieux, le verrou de sa porte était poussé, sans doute dans la crainte de quelqu'invasion subite de Juancho, que l'absence de la tia Aldonza aurait rendue plus dangereuse.

Tout en travaillant, elle pensait au jeune homme qui la regardait la veille, au Cirque, avec un œil si ardent et si velouté, et lui avait dit quelques mots d'une voix qui résonnait encore doucement à son oreille.

— Pourvu qu'il ne cherche pas à me revoir?

Et pourtant cela me ferait plaisir qu'il le cherchât. — Juancho engagerait avec lui quelque affreuse querelle, il le tuerait peut-être ou le blesserait dangereusement comme tous ceux qui ont voulu me plaire; — et même, quand je pourrais me soustraire à la tyrannie de Juancho, qui m'a suivie de Grenade à Séville,

de Séville à Madrid, et qui me poursui-
vrait jusqu'au bout du monde pour m'empêcher de donner à un autre le cœur que
je lui refuse, à quoi cela m'avancerait-il ?
Ce jeune homme n'est pas de ma classe ;
à ses habits l'on voit qu'il est noble et riche, il ne peut avoir pour moi qu'un caprice passager : il m'a déjà oubliée sans
doute.

Ici la vérité nous oblige à confesser
qu'un léger nuage passa sur le front de la
jeune fille, et qu'une respiration prolongée, qui pouvait se prendre pour un soupir, gonfla sa poitrine oppressée.

— Il doit sans doute avoir quelque maîtresse, quelque fiancée, jeune, belle, élégante, avec de beaux chapeaux et de grands
châles. Comme il serait bien avec une veste

brodée en soies de couleurs, à boutons de
filigrane d'argent, des bottes piquées de
Ronda, et un petit chapeau andalou!
Quelle taille fine il aurait, serré par une
belle ceinture de soie de Gibraltar! se disait
Militona continuant son monologue, où,
par un innocent subterfuge du cœur, elle
revêtait Andrès d'un costume qui le rap-
prochait d'elle.

Elle en était là de sa rêverie, lorsqu'Aldonza, qui habitait la même maison,
heurta à la porte.

— Tu ne sais pas, ma chère, dit-elle à Militona, cet enragé de Juancho, au lieu d'aller panser son bras, s'est promené toute la
nuit devant ta fenêtre, sans doute pour
voir si le jeune homme du cirque rôdait
par là : il s'était fourré dans la tête que

tu lui avais donné rendez-vous. Si cela
avait été vrai, cependant ? Comme ce se
serait commode ! Aussi, pourquoi ne
l'aimes-tu pas, ce pauvre Juancho ? il te
laisserait tranquille.

— Ne parlons pas de cela, je ne suis pas
responsable de l'amour que je n'ai provo-
qué en rien.

— Ce n'est pas, poursuivit la vieille, que
le jeune cavalier de la place de Taureaux
ne soit très bien de sa personne, et très galant ; il m'a offert la boite de pastille avec
beaucoup de grâce et tous les égards dus
à mon sexe ; mais Juancho m'intéresse, et
j'en ai une peur de tous les diables ! Il me
regarde un peu comme ton chaperon, et
serait capable de me rendre responsable
de ta préférence pour un autre. Il te

surveille de si près, qu'il serait bien difficile de lui cacher la moindre chose.

— A vous entendre, on croirait que j'ai
déjà une affaire réglée avec ce monsieur,
dont je me rappelle à peine les traits, répondit Militona en rougissant un peu.

— Si tu l'as oublié, il se souvient de toi,
lui, je t'en réponds ; il pourrait faire ton
portrait de mémoire ; il n'a pas cessé de
te regarder tout le temps de la course ; on
eût dit qu'il était en extase devant une
Notre-Dame.

En entendant ces témoignages qui con-
firmaient l'amour d'Andrès, Militona se
pencha sur son ouvrage sans rien répondre ; un bonheur inconnu lui dilatait le
cœur.

Juancho, lui, était bien loin de ces sen-

timents tendres ; enfermé dans sa chambre garnie d'épées et de devises de taureaux qu'il avait enlevées au péril de sa
vie pour les offrir à Militona, qui n'en avait
pas voulu, il se laissait aller à ce raba-
chage intérieur des amants malheureux : il
ne pouvait comprendre que Militona ne
l'aimât point ; cette aversion lui paraissait
un problème insoluble et dont il cherchait en vain l'inconnue. N'était-il pas ,
jeune, beau, vigoureux, plein d'ardeur et
de courage ; les plus blanches mains de
l'Espagne ne l'avaient-elles pas applaudi
mille fois ; ses costumes n'étaient-ils pas
brodés d'autant d'or, enjolivés d'autant
d'ornements que ceux des plus galants toreros ; son portrait ne se vendait-il pas
partout lithographié, imprimé dans les fou-

lards avec une auréole de couplets lauda-
tifs comme celui des maîtres de l'art.
Qui, Montès excepté, poussait plus bra-
vement une estocade et faisait agenouiller plus vite un taureau? — Personne. —
L'or, prix de son sang, roulait entre ses
doigts comme le vif-argent. Que lui man-
quait-il donc? — Et il se cherchait avec
bonne foi un défaut qu'il ne se trouvait
pas ; et il ne pouvait s'expliquer cette anti-
pathie, ou tout au moins cette froideur,
que par un amour pour un autre. — Cet
autre, il le poursuivait partout ; le plus
frivole motif excitait sa jalousie et sa rage ;
— lui qui faisait reculer les bêtes farouches, il se brisait contre la persistance
glacée de cette jeune fille. L'idée de la
tuer pour faire cesser le charme lui était

venue plus d'une fois. Cette frénésie du-
rait depuis plus d'un an, c'est-à-dire depuis le jour où il avait vu Militona, —
car son amour, comme toutes les fortes
passions, avait acquis tout de suite son
développement : — l'immensité ne peut
grandir.

Pour rencontrer Andrès, il s'était dit
qu'il fallait fréquenter le salon du Prado,
les théâtres del Circo et del Principe, les
cafés élégants et les autres lieux de réu-
nion des gens comme il faut ; et, bien
qu'il professât un profond dédain pour les
habits bourgeois, et fut ordinairement
vêtu en majo, une redingote, un pantalon
noir et un chapeau rond étaient posés sur
une chaise :— il était allé les acheter le matin sous les piliers de la calle Mayor, pré-

cisément à l'heure où Andrès faisait son
emplette au Rastro : l'un pour arriver à
l'objet de sa haine, l'autre pour arriver à
l'objet de son amour avaient pris le même
moyen.

Féliciana, à qui don Andrès ne manqua
pas d'aller faire sa visite à l'heure ordinaire avec l'exactitude d'un amant criminel, lui fit d'amers reproches sur les notes
fausses et les distractions sans nombre
dont il s'était rendu coupable la veille chez
la marquise de Benavidès. — C'était bien
la peine de répéter si soigneusement ce
duo, de le chanter tous les jours, pour
faire un fiasco à la soirée solennelle. Andrès s'excusa de son mieux. Ses fautes
avaient fait briller d'un éclat plus vif l'im-
perturbable talent de Féliciana, qui n'a-

vait jamais été mieux en voix, et qui avait
chanté à rendre jalouse la Ronconi du
théâtre d'el Circo : et il n'eut guère de
peine à la calmer ; il se séparèrent fort
bons amis.

Le soir était venu et Juancho, revêtu de
ses habits modernes qui le rendaient méconnaissable, parcourait d'un pas saccadé
et fiévreux les avenues du Prado, regardant chaque homme au visage, allant,
venant, tâchant d'être partout à la fois ;
il entra dans tous les théâtres, fouilla de
son œil d'aigle l'orchestre, les avant-scè-
nes et les loges ; il avala toutes sortes de
glaces dans les cafés, se mêla à tous les
groupes de politiqueurs et de poètes dis-
sertant sur la pièce nouvelle, sans pouvoir découvrir rien qui ressemblât à ce

jeune homme qui parlait d'un air si tendre à Militona le jour des taureaux, par
l'excellente raison qu'Andrès, qui était
allé se costumer chez le marchand, prenait le plus posément du monde, à cette
heure-là, un verre de limonade glacée
dans une *orchateria de chufas* (boutique
d'orgeat), située presque vis-à-vis la maison de Militona, où il avait établi son quartier d'observation, avec Périco pour éclai-
reur. — Au reste, Juancho aurait passé
devant lui sans le regarder; l'idée ne lui
serait pas venue d'aller chercher son rival
sous la veste ronde et le sombrero de ca-
laña d'un manolo. — Militona, cachée
dans l'angle de la fenêtre, ne s'y était
pas trompée une minute; mais l'amour
est plus clairvoyant que la haine. — En

proie à la plus vive anxiété, elle se demandait quels étaient les projets du jeune
homme, en s'établissant ainsi dans cette
boutique, et redoutait la scène terrible qui
ne saurait manquer de résulter d'une rencontre entre Juancho et lui.

Andrès, accoudé sur la table, exami-
nait avec une attention de mouchard épiant
un complot les gens qui entraient dans la
maison. — Il passa des femmes, des hommes, des enfants, des gens de tout âge,
d'abord en grand nombre, — car la maison était peuplée de beaucoup de familles,
et puis, à intervalles plus éloignés ; peu à
peu la nuit était venue, et il n'y avait plus
à rentrer que quelques retardataires.

Militona n'avait point paru.

Andrès commençait à douter de la bonté

des renseignements de son émissaire, lorsque la fenêtre obscure s'éclaira et fit voir
que la chambre était habitée.

Il avait la certitude que Militona était
bien dans sa chambre, mais cela ne l'a-
vançait pas à grand chose; il écrivit quelques mots au crayon sur un papier, et,
appelant Périco qui rôdait aux alentours, lui dit de l'aller porter à la belle manola.

Périco, se glissant sur les pas du loca-
taire qui rentrait, s'engagea dans l'escalier noir, et tâtant les murs, finit par arriver au palier supérieur. La lueur qui
filtrait par les interstices des ais lui fit découvrir la porte qui devait être celle de
Militona; il frappa deux coups discrète-
ment; la jeune fille entrebâilla le guichet.

prit la lettre et referma le petit volet.

« Pourvu qu'elle sache lire, » dit Andrès, en achevant sa boisson glacée et en
payant sa dépense au Valencien, maître de
l'orchateria.

Il se leva et marcha lentement sous la
fenêtre. — Voici ce que sa lettre contenait :

« Un homme qui ne peut vous oublier,
et qui ne le voudrait pas, cherche à vous
revoir ; mais d'après les quelques mots
que vous lui avez dits au cirque, et ne sachant pas votre vie, il aurait peur, en l'es-
sayant, de vous causer quelque contrariété. Le péril qui ne serait que pour lui
ne l'arrêterait pas. Éteignez votre lampe
et jetez-lui votre réponse par la fenêtre. »

Au bout de quelques minutes la lampe disparut, la fenêtre s'ouvrit, et Militona, en prenant sa jarre, fit tomber un des pots de basilic qui vint se briser en éclats à quelque distance de don Andrès.

Dans la terre brune qui s'était répandue sur le pavé, brillait quelque chose de blanc ; c'était la réponse de Militona.

Andrès appela un sereno (garde de nuit) qui passait avec son fallot au bout de sa lance, et le pria de baisser sa lanterne, à la lueur de laquelle il lut ce qui suit, écrit d'une main tremblante et en grosses lettres désordonnées.

— Éloignez-vous...; je n'ai pas le temps de vous en écrire plus long. — Demain je serai à dix heures dans l'église de San-

Isidro. Mais, de grâce, partez : il y va de
votre vie. »

— Merci, brave homme, dit Andrès en
mettant un real dans la main du sereno,
vous pouvez continuer votre route.

La rue était tout à fait déserte, et Andrès se retirait à pas lents, lorsque l'apparition d'un homme enveloppé dans un
manteau, sous lequel le manche d'une
guitare dessinait un angle aigu, éveilla
sa curiosité et le fit se blottir dans un coin
obscur.

L'homme rejeta les pans de son manteau sur ses épaules, ramena sa guitare
par devant, et commença à tirer des cordes ce bourdonnement rythmé qui sert de
basse et d'accompagnement aux mélodies
des sérénades et des séguidilles.

Il était évident que ces préludes bruyants
avaient pour but d'éveiller la belle en
l'honneur de qui ce bruit se commettait ;
et, comme la fenêtre de Militona restait fermée, l'homme réduit à se contenter d'un
auditoire invisible, malgré ce dicton espagnol qui prétend qu'il n'est pas de
femme si bien endormie à qui le frémisse-
ment d'une guitare ne fasse mettre le nez
à la fenêtre, après deux hum ! hum ! profondément sonores , commença à chanter les couplets suivants avec un fort accent andaloux :

> Enfant aux airs d'impératrice,
> Colombe au regard de faucon,
> Tu me hais , mais c'est mon caprice
> De me planter sous ton balcon.
>
> Là, je veux, le pied sur la borne.
> Pinçant les nerfs, tapant le bois,
> Faire luire à ton carreau morne
> Ta lampe et ton front à la fois.

Je défends à toute guitare
De bourdonner aux alentours.
Ta rue est à moi. — Je la barre
Pour y chanter seul mes amours.

Et je coupe les deux oreilles
Au premier râcleur de jambon
Qui, devant la chambre où tu veilles,
Braille un couplet mauvais ou bon.

Dans sa gaine mon couteau bouge ;
Allons ! Qui veut de l'incarnat ?
A son jabot qui veut du rouge
Pour faire un bouton de grenat ?

Le sang dans les veines s'ennuie,
Car il est fait pour se montrer,
Le temps est noir, gare la pluie !
Poltrons, hâtez-vous de rentrer.

Sortez, vaillants, sortez, bravaches,
L'avant-bras couvert du manteau.
Que sur vos faces de gavaches
J'écrive des croix au couteau.

Qu'ils s'avancent ! Seuls ou par bande,
De pied ferme je les attends.
A ta gloire il faut que je fende
Les naseaux de ces capitans.

Au ruisseau qui gêne ta marche
Et pourrait salir tes pieds blancs
Corps du Christ, je veux faire une arche
Avec les côtes des galants !

Pour te prouver combien je t'aime,
Dis, je tuerai qui tu voudras :
J'attaquerai Satan lui-même
Si pour linceul j'ai tes deux draps

Porte sourde. — Fenêtre aveugle!
Tu dois pourtant ouïr ma voix;
Comme un taureau blessé je beugle,
Des chiens excitant les abois!

Au moins plante un clou dans ta porte:
Un clou pour accrocher mon cœur.
A quoi sert que je le remporte
Fou de rage, mort de langueur !

— Peste, quelle poésie farouche, pensa
Andrès; voilà de petits couplets qui ne
péchent pas par la fadeur. Voyons si Militona, car c'est en son honneur qu'a lieu
ce tapage nocturne, est sensible à ces vers
élégiaques, composés par Matamore, don
Spavento Fracasse ou Tranchemontagne.
C'est probablement là le terrible galant
qui lui inspire tant de peur. On s'effraie-
rait à moins.

Don Andrès, ayant un peu avancé la tète hors de l'ombre où il s'abritait, fut atteint par un rayon de lune et dénoncé aux regards vigilants de Juancho.

— Bon! je suis pris, dit Andrès, faisons bonne contenance.

Juancho, jetant à terre sa guitare, qui résonna lugubrement sur le pavé, courut et s'avança sur Andrès, dont la figure était éclairée et qu'il reconnut aussitôt.

— Que venez-vous faire ici à cette heure? dit-il d'une voix tremblante de colère.

— J'écoute votre musique; c'est un plaisir délicat.

— Si vous l'avez bien écoutée, vous avez

dû entendre que je défends à qui que ce soit de se trouver dans cette rue quand j'y chante.

— Je suis très désobéissant de ma nature, répondit Andrès avec un flegme parfait.

— Tu changeras de caractère aujourd'hui.

—. Pas le moins du monde, — j'aime mes habitudes.

— Eh bien, défends-toi ou meurs comme un chien, cria Juancho en tirant sa *navaja* et en roulant son manteau sur son bras.

Ces mouvements furent imités par Andrès, qui se trouva en garde avec une promptitude qui démontrait une bonne méthode, et qui surprit un peu le torero,

car Andrès avait longtemps travaillé sous
un des plus habiles maîtres de Séville, de
même qu'on voit à Paris de jeunes élégants étudier la canne, le bâton et la sa-
vatte, réduits en principes mathématiques
par Lecour et Boucher.

Juancho tournait autour de son adversaire, avançant comme un bouclier son
bras gauche défendu par plusieurs épais-
seurs d'étoffes, le bras droit retiré en arrière pour donner plus de jet et de détente
au coup ; tour à tour il se relevait et s'af-
faissait sur ses jarrets pliés; se grandissant
comme un géant, se rapetissant comme un
nain, mais la pointe de son couteau rencontrait toujours la cape roulée d'Andrès
prêt à la parade.

Tantôt il faisait une brusque retraite,

tantôt une attaque impétueuse ; il sautait à droite et à gauche, balançant sa lame comme un javelot, et faisant mine de la lancer.

Andrès, à plusieurs reprises, répondit à ces attaques par des ripostes si vives, si bien dirigées, que tout autre que Juancho n'eût pu les parer. C'était vraiment un beau combat et digne d'une galerie de spectateurs érudits ; mais par malheur toutes les fenêtres dormaient et la rue était complètement déserte. Académiciens de la plage de San-Lucar, du Potro de Cordoue, de l'Albaycin de Grenade et du barrio de Triana, que n'étiez-vous là pour juger ces beaux coups !

Les deux adversaires, tout vigoureux qu'ils étaient, commençaient à se fatiguer ;

la sueur ruisselait de leurs tempes, leurs
poitrines haletaient comme des soufflets
de forge, leurs pieds trépignaient la terre
plus lourdement, leurs sauts avaient
moins d'élasticité.

Juancho avait senti la pointe du couteau
d'Andrès pénétrer dans sa manche, et sa
rage s'en était accrue ; tentant un suprème
effort, au risque de se faire tuer il s'é-
lança comme un tigre sur son ennemi.

Andrès tomba à la renverse, et sa chute
fit ouvrir la porte mal fermée de la maison
de Militona, devant laquelle avait lieu la
bataille. — Juancho s'éloigna d'un pas
tranquille. Le sereno qui passait au bout
de la rue cria: Rien de nouveau, — onze
heures et demie, — temps étoilé et se-
rein.

V

Juancho s'était éloigné à la voix du garde
de nuit sans s'assurer si Andrès était mort
ou seulement blessé : il croyait l'avoir
tué, tant il était sûr de ce coup pour ainsi
dire infaillible. — La lutte avait été loyale,
et il ne se sentait aucun remords : le sombre plaisir d'être débarrassé de son rival

dominait chez lui toute autre considéra-
tion.

L'anxiété de Militona pendant cette lutte
dont le bruit sourd l'avait attirée à la fenêtre, ne saurait se peindre : elle voulait
crier, mais sa langue s'attachait à son palais, la terreur lui serrait la gorge de sa
main de fer ; chancelante, éperdue, à de-
mi-folle, elle descendit l'escalier au hasard,
ou plutôt se laissa glisser sur la rampe
comme un corps inerte. Elle arriva juste
au moment ou Andrès tombait et repoussait par sa chute le battant mal clos de la
porte.

Heureusement Juancho ne vit pas le
mouvement plein de désespoir et de passion avec lequel la jeune fille s'était préci-
pitée sur le corps d'Andrès, car, au lieu

d'un meurtre, il en aurait commis deux.

Elle mit la main sur le cœur d'Andrès et crut sentir qu'il battait faiblement; le sereno passait, répétant son refrain monotone; Militona l'appela à son secours, — l'honnête jallego accourut, et mettant sa lanterne au visage du blessé, il dit : — Eh ! tiens, c'est le jeune homme à qui j'ai prêté mon fanal pour lire une lettre ; et il se pencha pour reconnaitre s'il était mort ou vivant.

Ce sereno aux traits fortement caractérisés, à la physionomie rude, mais bonne, cette jeune fille d'une blancheur de cire et dont les sourcils noirs faisaient encore ressortir la mortelle pâleur ; ce corps inanimé dont elle soutenait la tête sur ses genoux, formaient un groupe à tenter la brosse de

Rembrandt. La lumière jaune de la lanterne frappait ces trois figures de reflets
bizarres et formait au centre de la scène
cette étoile scintillante que le peintre hol-
landais aime à faire briller dans ses rous-
ses ténèbres ; mais peut-être aurait-il fallu
un pinceau plus pur et plus correct que
le sien pour rendre la suprême beauté de
Militona, qui semblait une statue de la
Douleur agenouillée près d'un tom-
beau.

Il respire, dit le sereno après quelques
minutes d'examen, voyons sa blessure. Et
il écarta les habits d'Andrès toujours évanoui. Ah! voilà un fier coup, s'écria-t-il,
avec une sorte d'étonnement respectueux;
porté de bas en haut selon toutes les règles:
c'est bien travaillé. Si je ne me trompe, ce

doit être l'ouvrage d'une main sévillane.
Je me connais en coups de couteau, j'en ai
tant vu. Mais qu'allons-nous faire de ce
jeune homme, il n'est pas transportable,
et, d'ailleurs, où le porterions-nous, il ne
peut pas nous dire son adresse ?

— Montons-le chez moi, dit Militona,
puisque je suis venue la première à son
secours... il m'appartient.

Le sereno appela en poussant le cri de
ralliement un confrère à son aide, et tous
deux se mirent à gravir avec précaution le
rude escalier. Militona les suivait, soute-
nant le corps de sa petite main, et tâchant
d'éviter les secousses au pauvre blessé,
qui fut posé doucement sur le petit lit virginal, à la couverture de mousseline den-
telée.

L'un des serenos alla chercher un chirurgien, et l'autre, pendant que Militona
déchirait quelque linge pour faire des ban-
delettes et de la charpie, tâtait les poches
d'Andrès pour voir s il ne s'y trouvait pas
quelque carte ou quelque lettre qui put servir à constater son indentité. Il ne trouva
rien. Le chiffon de papier sur lequel Militona
prévenait Andrès du danger qu'il courait,
était tombé de sa poche pendant la lutte,
et le vent l'avait emporté bien loin ; ainsi
jusqu'au retour du blessé à la vie, nulle in-
dication ne pouvait mettre la police sur la
voie.

Militona raconta qu'elle avait entendu
le bruit d'une querelle, puis un homme
tomber, et ne dit pas autre chose. Bien
qu'elle n'aimàt pas Juancho, elle ne

l'aurait pas dénoncé pour un crime dont
elle était la cause involontaire. Les violences du torero quoiqu'elles l'effrayas-
sent, prouvaient une passion sans borne,
et même lorsqu'on ne la partage pas, on
est toujours secrètement flatté de l'inspi-
rer.

Enfin, le chirurgien arriva et visita la
blessure, qui n'avait rien de très grave : la
lame du couteau avait glissé sur une côte.
La force du coup et la rudesse de la chute,
jointes à la perte de sang, avait étourdi
Andrès, qui revint à lui dès que la sonde
toucha les bords de la plaie. Le premier
objet qu'il aperçut en ouvrant les yeux ce
fut Militona qui tendait une bandelette au
chirurgien.— La tia Aldonza, accourue au
bruit, se tenait debout de l'autre côté du

chevet et marmottait à demi-voix des
phrases de condoléance.

Le chirurgien ayant achevé le panse-
ment, se retira et dit qu'il reviendrait le
lendemain.

Andrès, dont les idées commençaient à
se débrouiller, promenait un regard encore vague sur ce qui l'entourait; il s'é-
tonnait de se trouver dans cette chambre
blanche, sur ce chaste petit lit, entre un
ange et une sorcière; son évanouissement
formait une lacune dans ses souvenirs, et
il ne s'expliquait pas la transition qui
l'avait amené de la rue où tout à l'heure il
se défendait contre la navaja de Juancho, dans le frais paradis habité par Militona.

— Je t'avais bien dit que Juancho ferait

quelque malheur. Quel regard furieux il nous lançait! ça ne pouvait manquer! Nous voilà dans de beaux draps! et quand il apprendra que tu as recueilli ce jeune homme dans ta chambre.

— Pouvais-je le laisser mourir sur ma porte, répondit Militona, moi qui suis cause de son malheur? Et, d'ailleurs, Juancho ne dira rien, il aura fort à faire pour échapper au châtiment qu'il mérite.

— Ah! voilà le malade qui revient à lui, fit la vieille, regarde, ses yeux s'entr'ouvrent, un peu de couleur reparaît aux joues.

— N'essayez pas de parler, le chirurgien l'a défendu, dit la jeune fille, en voyant qu'Andrès essayait de balbutier quelques

mots, et, avec ce petit air d'autorité que
prennent les garde-malades, elle posa sa
main sur les lèvres pâles du jeune homme.

Quand l'aurore, saluée par le chant de la
caille et du grillon, fit pénétrer sa lueur
rose dans la chambrette, elle éclaira un tableau qui eût fait rugir Juancho de colère :
Militona qui avait veillé jusqu'au matin au
chevet du lit du blessé, brisée par la fati-
gue et les émotions de la nuit, s'était endormie, et sa tête flottante de sommeil
avait cherché, à son insu, un point d'appui au coin de l'oreiller sur lequel reposait
Andrès. Ses beaux cheveux s'étaient dé-
noués et se répandaient en noires ondes
sur la blancheur des draps, et Andrès, qui
ne dormait pas, en enroulait une boucle
autour de ses doigts.

Il est vrai que la blessure du jeune homme et la présence de la tia Aldonza, qui ronflait à l'autre bout de la chambre à faire envie à la pédale de l'orgue de Notre-Dame de Séville, empêchaient toute mauvaise interprétation.

Si Juancho avait pu se douter qu'au lieu de tuer son rival il lui avait procuré un moyen d'entrer chez Militona, d'être déposé sur ce lit qu'il ne regardait qu'avec des frissons et des pâleurs, lui, l'homme au cœur d'acier et au bras de fer, de passer la nuit dans cette chambre où il était à peine admis le jour, et devant laquelle il errait à travers l'ombre irrité et grondant, il se serait roulé par terre de rage, et déchiré la poitrine avec ses ongles.

Andrès, qui cherchait à se rapprocher
de Militona, n'avait pas pensé à ce moyen
dans tous ses stratagèmes.

La jeune fille se réveilla, renoua ses cheveux toute honteuse, et demanda au malade
comment il se trouvait :

— Bien, répondit celui-ci, en attachant
sur la belle enfant un regard plein d'amour
et de reconnaissance.

Les domestiques d'Andrès, voyant qu'il
n'était pas rentré, crurent qu'il avait fait
quelque souper joyeux, ou qu'il était allé
à la campagne, et ne s'inquiétèrent pas
autrement.

Feliciana attendit vainement la visite
accoutumée. Andrès ne parut pas. Le
piano en souffrit. Féliciana contrariée de
cette absence, frappait les touches avec

des mouvements saccadés et nerveux ; car
en Espagne ne pas aller voir sa novia à
l'heure dite est une faute grave qui vous
fait appeler ingrat et perfide. Ce n'est pas
que Feliciana fût éprise bien violemment
de don Andrès, la passion n'était pas dans
sa nature et lui eût paru une chose incon-
venante, mais elle avait l'habitude de le
voir et à titre de future épouse le regardait
déjà comme sa propriété ; elle alla vingt
fois du piano au balcon, et contrairement
à la mode anglaise qui ne veut pas qu'une
femme regarde à la fenêtre, elle se pencha
dans la rue pour voir si don Andrès
n'arrivait pas.

Je le verrai sans doute au Prado ce soir,
se dit Feliciana, par manière de consola-
tion, et je lui ferai une verte semonce.

Le Prado à sept heures du soir, en été,
est assurément une des plus belles promenades du monde ; non qu'on ne puisse
trouver ailleurs des ombrages plus frais,
un site plus pittoresque, mais nulle part il
n'existe une animation plus vive, un mouvement plus gai de la population.

Le Prado s'étend de la porte des Récollets
à la porte d'Atocha, mais il n'est guère fré-
quenté que dans la portion comprise entre
la rue d'Alcala et la rue de San-Geronimo.
Cet endroit s'appelle le Salon, nom assez
peu champêtre pour une promenade. —
Des rangées d'arbres trapus qu'on écime
pour forcer le feuillage à s'étendre, versent
une ombre avare sur les promeneurs.

La chaussée réservée aux voitures est
bordée de chaises comme le boulevard de

Gand, et de candélabres dans le goût de
ceux de la place de la Concorde, qui ont
remplacé les jolies potences de fer à volutes
élégamment enroulées, qui naguère encore
supportaient les lanternes.

Sur cette chaussée se pavanent les voitures de Londres et de Bruxelles, les tilbu-
rys, les calèches, les landaux aux portières
armoriées, et quelquefois aussi le vieux
carrosse espagnol traîné par quatre mules
rebondies et luisantes.

Les élégants se penchent sur leurs trot-
teurs anglais où font piaffer leurs jolis chevaux andalous à la crinière nattée de rouge, au col arrondi en gorge de pigeon, aux
mouvements onduleux comme les han-
ches d'une danseuse arabe. De temps en
temps passe au galop un magnifique barbe

de Cordoue noir comme l'ébène et digne
de manger de l'orge mondé dans une auge
d'albâtre aux écuries des califes, ou quelque prodige de beauté, une vierge de Mu-
rillo détachée de son cadre et trônant dans
sa voiture avec un chapeau de Beaudrand
pour auréole.

Dans le salon proprement dit, fourmille
une foule incessamment renouvelée, une
rivière vivante avec des courants en sens
contraires, des remous et des tourbillons,
qui se meut entre des quais de gens assis.

Les mantilles de dentelles blanches ou
noires encadrent de leurs plis légers les
plus célestes visages qu'on puisse voir.—
La laideur est un accident rare.—Au Prado
les laides ne sont que jolies ; les éventails
s'ouvrent et se ferment avec un sifflement

rapide, et les *agours* (bonjours) jetés au passage, sont accompagnés de gracieux sourires ou de petits signes de main ; c'est comme le foyer de l'Opéra au carnaval, comme un bal masqué à visage découvert.

De l'autre côté, sous les allées qui longent le parc d'Artillerie et le Musée de peinture, à peine flânent quelques fumeurs misanthropiques qui préfèrent à la chaleur et au tumulte de la foule la fraîcheur et la rêverie du soir.

Feliciana, qui se promenait en voiture découverte à côté de don Geronimo, son père, cherchait vainement des yeux son fiancé, parmi les groupes de jeunes cavaliers ; il ne vint pas, selon son habitude, caracoler près de la voiture. — Et les ob-

11

servateurs s'étonnèrent de voir la calèche
de doña Feliciana Vasquez de los Rios
faire quatre fois la longueur de la chaussée
sans son escorte ordinaire.

Au bout de quelque temps, Feliciana ne
voyant pas Andrès à l'état équestre, pensa
qu'il se promenait peut-être pédestrement
dans le Salon, et dit à son père qu'elle avait
envie de marcher.

Trois ou quatre tours faits dans le Salon
et l'allée latérale la convainquirent de l'absence d'Andrès.

Un jeune Anglais recommandé à don
Géronimo vint le saluer et commença une
de ces conversations laborieuses que les
habitants de la Grande-Bretagne ont seuls
la persévérance de poursuivre avec les
gloussements et les intonations les plus

bizarres à travers les langues qu'ils ne savent pas.

Feliciana qui entendait assez couramment le vicaire de Wakefield, venait au secours du jeune insulaire avec une obligeance charmante, et prodiguait les plus doux sourires à ses affreux piaulements. — Au théâtre del Circo, où ils se rendirent ensuite, elle lui expliqua le ballet et lui fit la nomenclature des loges... Andrès ne se montra pas encore.

En rentrant Feliciana dit à son père :

— On n'a pas vu Andrès, aujourd'hui.

— C'est vrai, dit Geronimo, je vais envoyer chez lui. Il faut qu'il soit malade.

Le domestique revint au bout d'une de-
mi-heure, et dit :

— M. Andrès de Salcedo n'a pas paru
chez lui depuis hier.

VI

Le lendemain se passa sans apporter de nouvelles d'Andrès. On alla chez tous ses amis. Personne ne l'avait vu depuis deux jours :

Cela commençait à devenir étrange. On supposa quelque voyage subit pour affaire d'importance. Les domestiques, interrogés par don Geronimo, répondirent que

leur jeune maître était sorti l'avant-veille,
à six heures du soir, après avoir dîné
comme à l'ordinaire, sans avoir fait aucun
préparatif, ni rien dit qui pût faire soup-
çonner un départ. — Il était habillé d'une
redingote noire, d'un gilet jaune de piqué
anglais, et d'un pantalon blanc, comme
pour aller au Prado.

Don Geronimo, fort perplexe, dit qu'il
fallait visiter la chambre d'Andrès pour
voir s'il n'avait pas laissé sur quelque
meuble une lettre explicative de sa disparition.

Il n'y avait chez Andrès d'autre papier
que du papier à cigarettes.

Comment justifier cette absence incom-
préhensible ?

Par un suicide ?

Andrès n'avait ni chagrins d'amour, ni chagrin d'argent, puisqu'il devait épouser bientôt celle qu'il aimait, et jouissait de cent mille réaux de rente parfaitement assurés. D'ailleurs comment se noyer au mois de juin dans le Manzanarès, à moins d'y creuser un puits?

Par un guet-apens?

Andrès n'avait pas d'ennemi, ou du moins on ne lui en connaissait pas. Sa douceur et sa modération écartaient l'idée d'un duel ou d'une rixe où il aurait succombé; ensuite l'événement eût été connu, et, mort ou vivant, Andrès eût été rapporté chez lui.

Il y avait donc là-dessous quelque mystère que la police seule pouvait éclaircir.

Geronimo, avec la naïveté des honnêtes

gens, croyait à l'omniscience et à l'in-
faillibilité de la police; il eut recours à
elle.

La police, personnifiée par l'alcade du
quartier, mit ses lunettes sur son nez, con-
sulta ses registres, et n'y trouva rien à dater du soir de la disparition d'Andrès, qui
pût se rapporter à lui. La nuit avait été des
plus calmes dans la très noble et très héroïque cité de Madrid : sauf quelques vols
avec effraction ou escalade, quelque tapage dans les mauvais lieux, quelques
rixes d'ivrognes dans les cabarets, tout
avait été le mieux du monde.

—Il y a bien, dit le grave magistrat avant
de refermer son livre, un petit cas de ten-
tative de meurtre aux environs de la place
de Lavapiès.

— Oh ! Monsieur, répondit Geronimo déjà tout alarmé, pouvez-vous me donner quelques détails ?

— Quels vêtements portait don Andrès de Salcedo, la dernière fois qu'il est sorti de chez lui ? demanda l'officier de police avec un air de réflexion profonde.

— Une redingote noire, répondit Geronimo, plein d'anxiété.

— Pourriez-vous affirmer, continua l'alcade, qu'elle fût précisément noire, et non pas tête de nègre, vert-bronze, solitaire, ou marron, par exemple — la nuance est très importante.

— Elle était noire, j'en suis sûr, je l'affirmerais sur l'honneur. — Oui, devant Dieu, et les hommes, la redingote de mon gendre futur était de cette couleur... distinguée, comme dit ma fille Feliciana.

— Vos réponses dénotent une éducation soignée, ajouta le magistrat en manière de parenthèse. Ainsi, vous êtes sûr que la redingote était noire?

— Oui, digne magistrat, noire, telle est ma conviction, et personne ne m'en fera changer.

— La victime portait une veste ronde, dite marseillaise et de couleur tabac d'Espagne. A la rigueur, la nuit, une redingote noire pourrait passer pour une veste brune, se disait le magistrat paraissant se consulter lui-même. Don Geronimo, vos souvenirs vont-ils jusqu'à se rappeler le gilet que don Andrès avait ce soir-là?

— Un gilet de piqué anglais jaune.

— Le blessé portait un gilet bleu à boutons de filigrane ; le jaune et le bleu n'ont pas beaucoup de rapport ; cela ne concorde pas très bien ; et le pantalon, Monsieur, s'il vous plaît ?

— Blanc, Monsieur, de coutil de fil, à sous-pied, ajusté sur la botte. Je tiens ces détails du valet de chambre qui a aidé Andrès dans sa toilette le jour fatal.

— Le procès-verbal marque pantalon large de drap gris, souliers blancs de peau de veau. — Ce n'est pas cela. — Ce costume est celui d'un majo, d'un petit-maître de la classe du peuple qui aura reçu ce mauvais coup à la suite de quelque bataille en l'honneur d'une donzelle à jupon court. Malgré toute la bonne volonté du monde, nous ne saurions reconnaître M. de Salcedo dans ce personnage. Voici, du reste,

le signalement du blessé, relevé avec beaucoup de soin par le sereno : — figure
ovale, menton rond, front ordinaire, nez
moyen, pas de signes particuliers. Re-
connaissez-vous M. de Salcedo à ce portrait?

— Pas le moins du monde, répondit
avec conviction don Geronimo... Mais
comment retrouver la trace d'Andrès...

— Ne vous en inquiétez pas, la police
veille sur les citoyens, elle voit tout, elle
entend tout, elle est partout; rien ne lui
échappe; Argus n'avait que cent yeux,
elle en a mille et qui ne se laissent pas
endormir par des airs de flûte. Nous
retrouverons don Andrès, fût-il au fond
des enfers. Je vais mettre deux agents en
route, les plus fines mouches qui aient ja-

mais existé, Argamasilla et Covachuelo,
et dans vingt-quatre heures nous saurons
à quoi nous en tenir.

Don Geronimo remercia, salua et sortit
plein de confiance. Il retourna chez lui et
fit le récit de la conversation qu'il avait eue
avec la police à sa fille, qui n'eut pas un
instant l'idée que le manolo blessé rue d'el
Povar pût être son fiancé.

Feliciana pleurait la perte de son novio
avec la réserve d'une demoiselle bien née;
car il serait indécent à une jeune personne
de paraître regretter trop vivement un
homme. De temps à autre, elle portait
à ses yeux son mouchoir bordé de dentelles pour essuyer une larme qui germait
péniblement dans le coin de sa paupière.
Les duos délaissés traînaient mélancoli-

quement sur le piano fermé : signe de
grande prostration morale chez Feliciana.
Don Geronimo attendait avec impatience
que les vingt-quatre heures fussent écoulées
pour voir le triomphant rapport de Covachuelo et d'Argamasilla.

Les deux spirituels agents allèrent d'a-
bord à la maison d'Andrès, et firent causer
adroitement les valets sur les habitudes
de leur maître. Ils apprirent que don Andrès prenait du chocolat le matin, faisait
la sieste à midi, s'habillait sur les trois
heures, allait chez dona Feliciana Vasquez
de los Rios, dînait à six heures et rentrait
se coucher vers minuit, après la promenade ou le spectacle, — ce qui donna profondément à réfléchir aux deux agents. —
Ils surent aussi qu'en sortant de chez lui,

Andrès avait descendu la rue d'Alcala
jusqu'à la calle Ancha de Peligros — ce détail précieux leur fut donné par un porte-
faix asturien qui se tenait habituellement
devant la porte.

Ils se transportèrent rue de Peligros, et
parvinrent à découvrir qu'Andrès y avait
effectivement passé l'avant-veille, à six
heures et quelques minutes, — de fortes
présomptions pouvaient faire croire qu'il
avait suivi son chemin par la rue de la
Cruz.

Ce résultat important obtenu, fatigués
par la violente contention d'esprit qu'il
avait fallu pour y parvenir, ils entrèrent
dans un ermitage, c'est ainsi qu'on appelle les cabarets à Madrid, et se mirent à
jouer aux cartes en sablant une bouteille

de vin de Manzanilla. — La partie dura
jusqu'au matin.

Après un court sommeil ils reprirent
leurs recherches et parvinrent à suivre ré-
trospectivement Andrès jusqu'aux environs du Rastro ; là ils perdirent ses traces,
personne ne pouvait plus leur donner de
nouvelles du jeune homme en redingote
noire, en gilet de piqué jaune, en pantalon blanc. Évaporation complète ! — Tous
l'avaient vu aller, nul ne l'avait vu revenir... ils ne savaient que penser ; Andrès
ne pouvait cependant avoir été escamoté
en plein jour dans un des quartiers les
plus populeux de Madrid ; à moins qu'une
trappe ne se fût ouverte sous ses pieds et
refermée aussitôt, il n'y avait pas moyen
d'expliquer cette suppression de personne.

Ils errèrent longtemps aux alentours du Rastro, interrogèrent quelques marchands, et n'en purent tirer rien autre chose. Ils s'adressèrent même à la boutique où Andrès s'était travesti, mais c'était la femme qui les reçut et c'était le mari qui avait vendu les habits ; elle ne put donc leur donner aucun renseignement, et d'ailleurs ne comprit rien aux questions ambiguës qu'ils lui firent ; sur leur mauvaise mine, elle les prit même pour des voleurs, quoiqu'ils fussent précisément le contraire, et leur ferma la porte au nez d'assez mauvaise humeur, tout en regardant s'il ne lui manquait rien.

— Tel fut le résultat de la journée. — Don Geronimo retourna à la police, qui lui répondit gravement qu'on était sur la

trace des coupables, mais qu'il ne fallait
rien compromettre par trop de précipita-
tion. — Le brave homme, émerveillé, répéta la réponse de la police à Feliciana
qui leva les yeux au ciel, poussa un soupir
et ne crut pas se permettre une exclama-
tion trop forte pour la circonstance en
disant : Pauvre Andrès !

Un fait bizarre vint compliquer cette
ténébreuse affaire. Un jeune drôle d'une
quinzaine d'années environ, avait déposé
dans la maison d'Andrès un paquet assez
gros, et s'était précipitamment retiré, en
jetant cette phrase : Pour remettre à M. Salcedo.

Cette phrase, si simple en apparence,
parut une infernale ironie lorsqu'on ouvrit le paquet.

Il renfermait, — devinez quoi? — la redingote noire, le gilet piqué jaune, le pantalon blanc de l'infortuné Andrès, et ses
jolies bottes vernies à la tige de maro-
quin rouge. On avait poussé le sarcasme
jusqu'à rouler ses gants de Paris l'un
dans l'autre, avec beaucoup de soin.

A ce fait étrange et sans exemple dans
les annales du crime, Argamasilla et Covachuelo restèrent frappés de stupeur;
l'un leva les bras au ciel, l'autre les laissa
pendre flasquement le long de ses han-
ches, dans une attitude découragée; le
premier dit : *ô tempora!* et le second : *ô
mores!*

Qu'on ne s'étonne pas d'entendre deux
alguazils parler latin : Argamasilla avait
étudié la théologie, et Covachuelo le droit;

mais ils avaient eu des malheurs. Qui n'en
a pas eu ?

Renvoyer les habits de la victime à son
domicile, fort proprement pliés et ficelés,
n'était-ce pas un raffinement de perver-
sité rare? Joindre la raillerie au crime :
quel beau texte pour le discours du fiscal !

Cependant l'examen des habits envoyés
rendit encore les dignes agents plus per-
plexes.

Le drap de la redingote était parfaitement intact ; aucun trou triangulaire ou
rond, accusant le passage d'une lame ou
d'une balle, ne s'y montrait. Peut-être la
victime avait-elle été étouffée ? Alors il y
aurait eu lutte ; le gilet et le pantalon
n'auraient pas eu cette fraîcheur ; ils seraient tordus, fripés, déchirés ; on ne

pouvait supposer qu'Andrès de Salcedo se
fût déshabillé lui-même avec précaution
avant la perpétration du crime et livré
tout nu aux poignards de ses assassins
pour ménager ses hardes : — c'eût été une
petitesse !

Il y avait vraiment de quoi casser contre
les murs des têtes plus fortes que celles
d'Argamasilla et de Covachuelo.

Covachuelo, qui était le plus logicien
des deux, après s'être tenu pendant un
quart d'heure les tempes à deux mains
pour empêcher l'intensité de la médita-
tion de faire éclater son front de génie,
émit cette idée triomphante :

— Si le seigneur Andrès de Salcedo
n'est pas mort, il doit être vivant, car
ce sont les deux manières d'être de

l'homme; je n'en connais pas une troisième.

Argamasilla fit un signe de tête en manière d'adhésion.

S'il vit, ce dont j'ai la persuasion, il ne doit pas aller sans vêtement, *more ferarum*. Il n'avait aucun paquet en sortant e chez lui ; et comme voilà ses habits, il doit en avoir acheté d'autres nécessairement, car il n'est pas supposable que dans cette civilisation avancée un homme se contente du vêtement adamique.

Les yeux d'Argamasilla lui sortaient des orbites tant il écoutait, avec une attention profonde, le raisonnement de son ami Covachuelo.

— Je ne pense pas que don Andrès eût fait préparer d'avance des habits dont il se serait revêtu plus tard dans une maison du quartier où nous avons perdu ses traces, il doit avoir acheté des nippes chez quelque frippier, après avoir renvoyé ses propres vêtements.

— Tu es un génie, un dieu, dit Argamasilla en serrant Covachuelo sur son cœur; permets que je t'embrasse : à dater de ce jour, je ne suis plus ton ami, mais ton séide, ton chien, ton mameluk. Dispose de moi, grand homme, je te suivrai partout. Ah! si le gouvernement était juste, au lieu d'être un simple agent de police, tu serais chef politique dans les plus importantes villes du royaume. Mais les gouvernements ne sont jamais justes !

— Nous allons fouiller toutes les boutiques des fripiers et des marchands d'habits tout faits de la ville, nous examine-

rons leurs registres de vente, et nous
aurons, de cette manière, le nouveau signalement du seigneur Salcedo. Si le por-
tier avait eu l'idée d'arrêter ou de faire arrêter le muchacho qui a remis le paquet,
nous aurions su par lui qui l'envoyait, et
d'où il venait. Mais les gens qui ne sont
pas de la partie ne pensent à rien, et nul
ne pouvait prévoir cet incident. Allons, en
route, Argamasilla, tu vas visiter les tailleurs de la Calle-Major ; moi, je confesse-
rai les fripiers du Rastro.

Au bout de quelques heures les deux
amis faisaient leur rapport à l'alcade.

Argamasilla raconta minutieusement et
compendieusement le résultat de ses recherches. Un individu revêtu du costume
de *majo*, paraissant fort agité, avait acheté

et payé sans faire d'observation sur le prix, (signe d'une grande préoccupation morale), un frac et un pantalon noirs, chez un des principaux maîtres tailleurs établis sous les piliers de la Calle-Major.

Covachuelo dit qu'un marchand du Rastro avait vendu une veste, un gilet et une ceinture de manolo à un homme en redingote noire et en pantalon blanc, qui selon toute probabilité, n'était autre que don Andrès de Salcedo en personne.

Tous deux s'étaient déshabillés dans l'arrière boutique et étaient sortis revêtus de leurs nouveaux costumes, qui, vu la classe de la société à laquelle ceux qui les portaient semblaient appartenir, étaient à coup sûr des déguisements. — Dans quel but, le même jour, et presqu'à la même heure, un homme du monde avait-il pris la veste de *majo*, et un *majo* le frac d'un homme du monde ? c'est ce que les faibles moyens d'agents subalternes comme les pauvres Argamasilla et Covachuelo ne sauraient décider, mais que devinerait infailliblement la haute perspicacité du magistrat devant lequel ils avaient l'honneur de parler.

Quant à eux, sauf meilleur avis, ils pensaient que cette disparition mystérieuse, cette coïncidence singulière de travestissements, ces habits renvoyés par manière de défi, toutes ces choses d'une étrangeté inexplicable devaient se rattacher à quelque grande conspiration ayant pour but de mettre sur le trône Espartero ou le comte de Montemolin. Sous ces habits d'emprunts, les coupables étaient sans doute partis pour aller rejoindre dans l'Aragon ou la Catalogne, quelque noyau carliste, quelque reste de guerilla cherchant à se réorganiser. — L'Espagne dansait sur un volcan ; — mais, si l'on voulait bien leur accorder une gratification, ils se chargeaient, à eux deux Argamasilla et Covachuelo, d'éteindre ce volcan, d'empêcher les coupables de rejoindre leurs complices, et promettaient, sous huit jours, de livrer la liste des conjurés et les plans du complot.

L'Alcade écouta ce rapport remarquable avec toute l'attention qu'il méritait, et dit aux deux agents :

— Avez-vous quelques renseignements

sur les démarches faites par ces deux in-
dividus après leur travestissement réci-
proque?

— Le majo habillé en homme du monde,
a été se promener dans le salon du Prado,
est entré au théâtre del Circo, et a pris une
glace au café de la Bourse, répondit Argamasilla.

— L'homme du monde, habillé en majo,
a fait plusieurs tours sur la place de Lavapiès et dans les rues adjacentes, flânant,
lorgnant les manolas aux fenêtres, ensuite
il a bu une limonade à la neige, dans une
orchateria de Chufas, déposa Covachuelo.

— Chacun a pris le caractère de son
costume, dissimulation profonde, infernale habileté, dit l'alcade; l'un voulait se
populariser et sonder les sentiments de la

classe basse ; l'autre voulait assurer la haute de la sympathie et de la coopération populaires. Mais nous sommes là, nous veillons au grain! Nous vous prendrons la main dans le sac, messieurs les conspirateurs, carlistes ou ayacuchos, progressistes ou retardataires. Ha! ha! Argus avait cent yeux, mais la police en a mille qui ne dorment pas.

Cette phrase était le refrain du digne homme, son dada, son Lila Burelio. Il trouvait avec raison qu'elle remplaçait fort majestueusement une idée quand l'idée lui manquait.

— Argamasilla et Covachuelo, vous aurez votre gratification. Mais ne savez-vous pas ce que sont devenus vos deux criminels, car ils le sont, après les allées et les venues exigées par leurs funestes projets.

— Nous l'ignorons, car il faisait déjà sombre, et comme nous ne pouvons obtenir sur des démarches extérieures et passées que des témoignages oculaires et peu détaillés, nous avons perdu leurs traces à dater de la nuit.

— Diable! c'est fâcheux, reprit l'alcade.

— Oh! nous les retrouverons, s'écrièrent les deux amis avec enthousiasme.

Don Geronimo revint dans la journée pour savoir s'il y avait des nouvelles.

Le magistrat le reçut assez sèchement; et comme don Geronimo Vasquez se confondait en excuses et demandait pardon d'avoir été sans doute importun, il lui dit:

— Vous devriez bien ne pas vous intéresser si ostensiblement à don Andrès de

Salcedo ; il est impliqué dans une vaste
conspiration dont nous sommes à la veille
de saisir tous les fils.

— Andrès conspire ! s'écria don Geronimo, lui !

—Lui, répéta d'un ton péremptoire l'officier de police.

— Un garçon si doux, si tranquille, si
gai, si inoffensif.

— Il feignait la douceur comme Brutus
contrefaisait la folie, moyen de cacher son
jeu et de détourner l'attention. Nous connaissons cela, nous autres vieux renards.
Ce qui pourrait lui arriver de miuex c'est
qu'on ne le retrouvât pas. Souhaitez-le
pour lui.

— Le pauvre Geronimo se retira très
penaud et très honteux de son peu de per-

spicacité. Lui qui connaissait Andrès depuis l'enfance et l'avait fait sauter tout petit
sur ses genoux, il ne se doutait pas le moins
du monde qu'il avait accueilli dans sa maison un conspirateur d'une espèce si dangereuse. Il admirait avec terreur la sagacité effrayante de la police, qui, en si peu
de temps, avait découvert un secret qu'il
n'avait jamais soupçonné, lui qui pourtant
voyait tous les jours le criminel, et l'avait
méconnu au point de vouloir en faire son
gendre.

L'étonnement de Feliciana fut au comble lorsqu'elle apprit qu'elle avait été cour-
tisée avec tant d'assiduité par le chef d'un
complot carliste aux immenses ramifica-
tions. — Quelle force d'âme il fallait qu'eût
don Andrès pour ne rien laisser transpa-

raître de ces hautes préoccupations poli-
tiques, et répéter avec tant de flegme des
duos de Bellini. — Fiez-vous donc après
cela aux airs reposés, aux mines tranquilles, aux yeux sereins, aux bouches sourian·
tes! Qui eût dit qu'Andrès qui ne prenait
feu que pour les courses de taureaux, et
ne paraissait avoir d'autre opinion que de
préférer Sevilla à Rodrigues, le Chiclanero
à Arjona, cachait de si vastes pensées sous
cette frivolité apparente?

Les deux agents se livrèrent à de nouvelles recherches et découvrirent que le
jeune homme blessé et recueilli par Militona était le même qui avait acheté des
habits au Rastro. Le rapport du sereno et
celui du fripier concordaient parfaitement. Veste chocolat, gilet bleu, cein-

ture rouge, il n'y avait pas à s'y trom-
per.

Cette circonstance dérangeait un peu les
espérances d'Argamasilla et de Covachuelo
relativement à la conspiration. La disparition d'Andrès leur eût été plus commode.
La chose avait l'air de se réduire à une simple intrigue amoureuse, à une innocente
querelle de rivaux, à un meurtre pur et
simple, ce qu'il y a au monde de plus in-
signifiant. Les voisins avaient entendu la
sérénade ; tout s'expliquait.

Covachuelo dit en soupirant :

— Je n'ai jamais eu de bonheur.

Argamasilla répondit d'un ton lar-
moyant ;

— Je suis né sous une étoile enragée !

Pauvres amis ! flairer uue conspiration

et mettre la main sur une méchante petite
rixe suivie seulement de blessures graves!
C'était navrant.

Retournons à Juancho que nous avons
abandonné depuis son combat au couteau
contre Andrès. Une heure après il était re-
tourné, à pas de loup, sur le théâtre de la
lutte, et à sa grande surprise il n'avait pas
retrouvé le corps à la place où il était certain de l'avoir vu tomber ; son adversaire
s'était-il relevé et traîné plus loin dans les
convulsions de l'agonie ? — Avait-il été
ramassé par les serenos! c'est ce qu'il ne
pouvait savoir. Devait-il, lui Juancho,
rester ou s'enfuir ? — Sa fuite le dénon-
cerait, et d'ailleurs l'idée de s'éloigner de
Militona, de la laisser libre d'agir à son
caprice, était insupportable à sa jalousie.

La nuit était obscure, la rue déserte, personne ne l'avait vu. Qui pourrait l'accuser?

Cependant, le combat avait duré assez longtemps pour que son adversaire le reconnût, car les toreros comme les acteurs ont des figures notoires; — et s'il n'était pas mort sur le coup, comme l'on pouvait le supposer, peut-être l'avait-il dénoncé. Juancho, qui était en délicatesse avec la police pour ses vivacités de couteau, courrait risque, s'il était pris, d'aller passer quelques étés dans les possessions espagnoles en Afrique, à Ceuta ou à Melilla.

Il s'en alla donc chez lui, fit sortir dans la cour son cheval de Cordoue, lui jeta une couverture bariolée sur le dos et partit au galop.

Si un peintre eût vu passer dans les rues
ce robuste cavalier pressant des jambes ce
grand cheval noir, à la crinière échevelée,
à la queue flamboyante, qui arrachait des
aigrettes d'étincelles au pavé inégal, et fi-
lait le long des murailles blanchâtres sur
lesquelles son ombre avait de la peine à le
suivre, il eût fait une figure d'un effet
puissant, car ce galop bruyant à travers la
ville silencieuse, cette hâte à travers la
nuit paisible, étaient tout un drame : mais
les peintres étaient couchés.

Il eut bientôt atteint la route de Cara-
banchel, dépassé le pont de Ségovie, et
s'élança à fond de train dans la campagne
sombre et morne.

Déjà il était à plus de quatre lieues de
Madrid, lorsque la pensée de Militona se

présenta si vivement à son esprit qu'il se sentit incapable d'aller plus loin. — Il crut que son coup n'avait pas été bien porté et que son rival n'avait peut-être qu'une légère blessure ; il se le figura guéri aux genoux de Militona souriante.

Une sueur froide lui baigna le front ; ses dents s'engrenèrent les unes dans les autres sans qu'il pût les desserrer ; ses genoux convulsifs serrèrent si violemment les flancs de son cheval que la noble bête, les côtes ployées, manquant de respiration, s'arrêta court. Juancho souffrait comme si on lui eût plongé dans le cœur des aiguilles rougies au feu.

Il tourna bride et revint vers la ville comme un ouragan. Quand il arriva, son cheval noir était blanc d'écume. Trois

heures du matin venaient de sonner; Juancho courut à la rue d'el Povar. — La lampe
de Militona brillait encore, chaste et tremblante étoile, à l'angle du vieux mur. Le
torero essaya d'enfoncer la porte de l'allée,
mais en dépit de sa force prodigieuse il ne
put en venir à bout. Militona avait soigneusement baissé les barres de fer à l'intérieur.
Juancho rentra chez lui, brisé, malheureux
à faire pitié, et dans l'incertitude la plus
horrible, car il avait vu deux ombres sur le
rideau de Militona. S'était-il donc trompé
de victime?

Quand il fit grand jour, le torero, embossé dans sa cape et le chapeau sur les
yeux, vint écouter les différentes versions
qui circulaient dans le voisinage sur l'é-
vènement de la nuit; il apprit que le jeune

homme n'était pas mort, et que, déclaré
non transportable, il occupait la chambre
de Militona, qui l'avait recueilli, action
charitable dont les commères du quartier
la louaient fort. Malgré sa vigueur, il sentit ses genoux chanceler et fut forcé de
s'appuyer à la muraille ; son rival dans la
chambre et sur le lit de Militona ! Le neu-
vième cercle d'enfer n'aurait pu inventer
pour lui une torture plus horrible.

Prenant une résolution suprême, il entra dans la maison et commença à gravir
l'escalier d'un pas plus lourd et plus sinis-
trement sonore que celui de la statue du
commandeur.

VII

Arrivé au palier du premier étage, Juancho, chancelant, éperdu, s'arrêta et demeura comme pétrifié ; il avait peur de
lui-même et des choses terribles qui allaient se passer. Cent mille idées lui tra-
versèrent la tête en une minute. Se con-
tenterait-il de trépigner son rival et de lui
faire rendre ce qui lui restait de son souf-

fle abhorré? Tuerait-il Militona ou met-
trait-il le feu à la maison? il flottait dans
un océan de projets horribles, insensés,
tumultueux. Pendant un court éclair de
raison, il fut sur le point de descendre et
avait même déjà fait une demi-conversion
de corps ; mais la jalousie lui enfonça de
nouveau son épine empoisonnée dans le
cœur, et il recommença à gravir la rude
échelle.

Certes, il eût été difficile de trouver une
nature plus robuste que celle de Juancho :
un col rond comme une colonne et fort
comme une tour rattachait sa tête puis-
sante à ses épaules athlétiques ; des nerfs
d'acier s'entre-croisaient sur ses bras in-
vincibles, sa poitrine eût défié les pecto-
raux de marbre des gladiateurs antiques ;

d'une main il aurait arraché la corne d'un
taureau, et pourtant la violence de la douleur morale brisait toute cette force phy-
sique. La sueur baignait ses tempes, ses
jambes se dérobaient sous lui, le sang
montait à sa tète par folles vagues, et il lui
passait des flammes dans les yeux. A plu-
sieures reprises, il fut obligé de s'accrocher à la rampe pour ne pas tomber et
rouler comme un corps inerte, à travers
l'escalier, tant il souffrait atrocement de
l'âme.

A chaque degré, il répétait, en grinçant
comme une bête fauve :

— Dans sa chambre !... dans sa chambre !... Et machinalement il ouvrait et il
fermait son long couteau d'Albacète qu'il
avait tiré de sa ceinture.

Il arriva enfin devant la porte, et là, re-
tenant sa respiration, il écouta.

Tout était tranquille dans l'intérieur de
la chambre, et Juancho n'entendit que le
sifflement de ses artères et les battements
sourds de son cœur.

Que se passait-il dans cette chambre silencieuse, derrière cette porte, faible rem-
part qui le séparait de son ennemi ! — Militona, compatissante et tendrement inquiète, se penchait sans doute vers la
couche du blessé pour épier son sommeil
et calmer ses souffrances.

— Oh ! se dit-il, si j'avais su qu'il ne
fallait qu'un coup de couteau dans la poitrine pour te plaire et t'attendrir, ce n'est
pas à lui, mais à moi que je l'aurais donné ;
dans ce funeste combat, je me serais dé-

couvert exprès pour tomber mourant devant ta maison. Mais tu m'aurais laissé me
tordre sur le pavé sans secourir mon agonie ; car je ne suis pas un joli monsieur
à gants blancs et à redingote pincée,
moi!

Cette idée, réveillant sa fureur, il heurta
violemment.

Andrès tressaillit sur sa couche de douleur ; Militona, qui était assise près de son
lit, se leva droite et pâle comme poussée
par un ressort ; la tia Aldonza devint
verte, et fit un signe de croix en baisant
son pouce.

Le coup était si bref, si fort, si impéra-
tif, qu'il n'y avait pas moyen de ne pas ouvrir. Un autre coup pareil à celui-là, et la
porte tombait en dedans.

C'est ainsi que frappent les convives de
marbre, les spectres qu'on ne peut chas-
ser, tous les êtres fatals qui surviennent
aux dénoûments; la Vengeance avec son
poignard, la Justice avec son glaive.

La tia Aldonza ouvrit le judas d'une main
tremblante, et par le trou carré aperçut la
tête de Juancho.

Le masque de Méduse, blafard au milieu
de sa chevelure vipérine et verdâtre, n'eût
pas produit un effet plus terrible sur la pauvre vieille; elle voulut appeler, mais aucun
son ne put s'exhaler de sa gorge aride;
elle resta les doigts écartés, les prunelles
fixes, la bouche ouverte avec son cri figé,
comme si elle eût été changée en pierre.

Il est vrai que la tête du torero, ainsi encadrée, n'avait rien de rassurant : une au-

réole rouge cernait ses yeux ; il était livide, et ses pommettes, abandonnées par
le sang, faisaient deux taches blanches
dans sa pâleur ; ses narines, dilatées, pal-
pitaient comme celles des bêtes féroces
flairant une proie ; ses dents mordaient
sa lèvre toute gonflée de leurs emprein-
tes. La jalousie, la fureur et la vengeance
combattaient sur cette physionomie boule-
versée.

— Notre-Dame d'Almudena, marmotta
la vieille, si vous nous sauvez de ce péril,
je vous dirai une neuvaine et vous don-
nerai un cierge à festons et à poignée de
velours.

Tout courageux qu'il fût, Andrès éprouva
ce sentiment de malaise que les hommes
les plus braves ressentent en face d'un pé-

ril contre lequel ils sont sans défense ; il
étendit machinalement la main comme
pour chercher quelque arme.

Voyant qu'on n'ouvrait pas , Juancho
appuya son épaule et fit une pesée ; les ais
crièrent et le plâtre commença à se déta-
cher autour des gonds et de la serrure.

Militona se posant devant Andrès, dit
d'une voix ferme et calme à la vieille, folle
de terreur :

— Aldonza, ouvrez, je le veux.

Aldonza tira le verrou, et se rangeant
contre le mur, elle renversa le battant de
la porte sur elle, pour se couvrir comme
le belluaire qui lâche un tigre dans l'a-
rène , ou le garçon de toril donnant la
liberté à une bête de Gaviria ou de Col-
menar.

Juancho qui s'attendait à plus de résistance entra lentement, un peu déconcerté de n'avoir pas trouvé d'obstacles. Mais un regard jeté sur Andrès, couché sur le lit de Militona, lui rendit toute sa colère.

Il saisit le battant de la porte, auquel se cramponnait de toute sa force la tia Aldonza, qui croyait sa dernière heure arrivée, et la referma malgré tous les efforts de la pauvre femme ; puis il s'appuya le dos à la porte et croisa les bras sur sa poitrine.

Grand Dieu ! murmura la vieille, claquant des dents, il va nous massacrer ici tous les trois. Si j'appelais au secours par la fenêtre. Et elle fit un pas de ce côté. Mais Juancho, devinant son intention, la rattrapa par un pan de sa robe, et, d'un mouvement brusque, la replaqua au

14

mur avec un morceau de jupe de moins.

— Sorcière, n'essaie pas de crier, ou je
te tords le col comme à un poulet, et je te
fais rendre ta vieille âme au diable ! Ne te
mets pas entre moi et l'objet de ma colère, ou je t'écraserai en allant à lui. Et en
disant cela, il montrait Andrès, faible et
pâle, et tâchant de soulever un peu sa
tête de dessus de l'oreiller.

La situation était horrible ; cette scène
n'avait fait aucun bruit qui put alarmer
les voisins. Et, d'ailleurs, les voisins, re-
tenus par la terreur qu'inspirait Juancho,
se seraient plutôt enfermés chez eux qu'ils
n'auraient eu l'idée d'intervenir dans un
semblable débat ; aller chercher la police ou la force armée demandait beaucoup de temps, et il aurait fallu que quel-

qu'un du dehors fût prévenu, car il n'y
avait pas moyen de songer à s'échapper
de la chambre fatale.

Aussi le pauvre Andrès, déjà frappé
d'un coup de couteau, affaibli par la perte
de son sang, n'ayant pas d'armes et hors
d'état d'en faire usage quand il en aurait
eu, embarrassé de linges et de couvertu-
res, se trouvait à la merci d'un brutal ivre
de jalousie et de rage, sans qu'aucun
moyen humain pût le défendre. Tout cela
parce qu'il avait regardé le profil d'une
jolie manola à la course de taureaux. — Il
est permis de croire qu'en ce moment il
regrettait le piano, le thé et les mœurs
prosaïques de la civilisation. Cependant,
il jeta un regard suppliant à Militona,
comme pour la prier de ne pas essayer une

lutte inutile, et il la trouva si radieusement
belle dans la blancheur de son épouvante,
qu'il ne fut pas fâché de l'avoir connue
même à ce prix.

Elle était là debout, une main appuyée
sur le bord du lit d'Andrès, qu'elle semblait vouloir défendre, et l'autre étendue
vers la porte avec un geste de suprême
majesté :

— Que venez-vous faire ici, meurtrier?
dit-elle à Juancho d'une voix vibrante, il
n'y a qu'un blessé dans cette chambre où
vous cherchez un amant? retirez-vous sur-
le-champ. N'avez-vous pas peur que la
plaie se mette à saigner en votre présence ?
N'est-ce pas assez de tuer, faut-il encore
assassiner !

La jeune fille accentua ce mot d'une fa-

çon singulière et l'accompagna d'un regard si profond, que Juancho se troubla,
rougit, pâlit, et sa physionomie de féroce
devint inquiète. Après un silence, il dit
d'une voix entrecoupée :

— Jure-moi sur les reliques de Monte-
Sagrado, et sur l'image de Notre-Dame-
del-Pilar, par ton père qui fut un héros,
par ta mère qui fut une sainte, que tu n'aimes pas ce jeune homme et je me retire
aussitôt !

Andrès attendit avec anxiété la réponse
de Militona.

Elle ne répondit pas.

Ses longs cils noirs s'abaissèrent sur
ses joues que colorait une imperceptible
rougeur.

Bien que ce silence pût être un arrêt

de mort pour lui, Andrès, qui avait attendu la réponse de Militona avec anxiété, se sentit le cœur inondé d'une satisfaction indicible.

— Si tu ne veux pas jurer, continua Juancho, affirme-le-moi simplement. Je te croirai ; tu n'as jamais menti ; mais tu gardes le silence, il faut que je le tue. Et il s'avança vers le lit, son couteau ouvert. — Tu l'aimes !

— Eh bien ! oui, s'écria la jeune fille avec des yeux étincelants et une voix tremblante d'une colère sublime. S'il doit mourir à cause de moi, qu'il sache du moins qu'il est aimé ; qu'il emporte dans la tombe ce mot, qui sera sa récompense et ton supplice.

Juancho, d'un bond, fut à côté de Militona, dont il saisit vivement le bras.

— Ne répète pas ce que tu viens de dire,
ou je ne réponds plus de moi, et je te jette,
avec ma navaja dans le cœur, sur le corps
de ce mignon.

— Que m'importe, dit la courageuse enfant. Crois-tu que je vivrai s'il meurt?

Andrès, par un effort suprême, essaya
de se relever sur son séant. Il voulut crier;
une écume rose monta à ses lèvres; sa
plaie s'était rouverte. Il retomba évanoui
sur son oreiller.

— Si tu ne sors pas d'ici, dit Militona
en voyant Andrès en cet état, je croirai
que tu es vil, infâme et lâche; je croirai
que tu aurais pu sauver Dominguez lorsque le taureau s'est agenouillé sur sa poi-

trine, et que tu ne l'as pas fait parce que
tu étais bassement jaloux.

— Militona! Militona! vous avez le droit
de me haïr, quoique jamais femme n'ait
été aimée par un homme comme vous
par moi; mais vous n'avez pas le droit de
me mépriser. Rien ne pouvait arracher
Dominguez à la mort!

— Si vous ne voulez pas que je vous regarde comme un assassin, retirez-vous
tout de suite.

— Oui, j'attendrai qu'il soit guéri, répondit Juancho d'un ton sombre; soignez-
le bien!.... J'ai juré que moi vivant vous
ne seriez à personne.

Pendant ce débat, la vieille, entrebàil-
lant la porte, avait été sonner l'alarme
dans le voisinage et requérir main-forte.

Cinq ou six hommes se précipitèrent sur Juancho, qui sortit de la chambre avec une grappe de *muchachos* suspendue après lui ; il les secoua et les jeta contre les murs, comme le taureau fait des chiens, sans qu'aucun pût mordre et l'arrêter.

Puis il s'enfonça d'un pas tranquille dans le dédale des rues qui entourent la place de Lavapiès.

Cette scène aggrava l'état d'Andrès, qui fut pris d'une fièvre violente et délira toute la journée, toute la nuit et le jour suivant. Militona le veilla avec la plus délicate et la plus amoureuse sollicitude.

Pendant ce temps-là, Argamasilla et Covachuelo, comme nous l'avons raconté à nos lecteurs, par leurs industrieuses démarches étaient parvenus à découvrir que

le manolo, blessé rue del Povar, n'était
autre que M. de Salcedo, et l'alcade du
quartier avait écrit à don Geronimo, que
le jeune homme auquel il s'intéressait
avait été retrouvé chez une manola de
Lavapiès qui l'avait recueilli, à moitié
mort, devant sa porte et couvert, on ne savait pourquoi, d'un vêtement de *majo*.

Feliciana, à cette nouvelle, se posa cette
question, à savoir si une jeune fiancée peut
aller voir, en compagnie de son père ou
d'une parente respectable, son fiancé dangereusement blessé ? N'y a-t-il pas quelque chose de choquant à ce qu'une demoiselle bien élevée voie prématurément
un homme dans un lit ? Ce spectacle,
quoique rendu chaste par la sainteté de
la maladie, n'est-il pas de ceux que doit

se refuser uue vierge pudique? — Mais
cependant, si Andrès allait se croire abandonné et mourait de chagrin! Ce serait
bien triste.

— Mon père, dit Feliciana, il faudra que
nous allions voir ce pauvre Andrès.

— Volontiers, ma fille, répondit le bon
homme; j'allais te le proposer.

VIII

Grâce à la force de sa constitution et aux bons soins de Militona, Andrès fut bientôt en voie de guérison ; il put parler et s'asseoir un peu sur son séant ; le sentiment de sa situation lui revint : elle était assez embarrassante.

Il présumait bien que sa disparition devait avoir jeté Feliciana, don Geronimo et

ses autres amis dans une inquiétude qu'il
se reprochait de ne pas faire cesser; et
pourtant il ne se souciait guère de faire
savoir à sa novia qu'il était dans la chambre
d'une jolie fille, pour le compte de laquelle
il avait reçu un coup de navaja; cette con-
fession était difficile, et cependant il était
impossible de ne pas la faire.

L'aventure aurait pris des proportions
toutes différentes de celles qu'il avait voulu
d'abord lui donner; il ne s'agissait plus
d'une intrigue légère avec une fillette sans
conséquence. Le dévoûment et le courage
de Militona la plaçaient sur une tout autre
ligne. Que dirait-elle lorsqu'elle appren-
drait qu'Andrès avait engagé sa foi? —
L'idée du courroux de Feliciana touchait
moins le jeune blessé que celle de la dou-

leur de Militona. Pour l'une il s'agissait
d'une *impropriété*, pour l'autre d'un désespoir. — Cet aveu d'amour si noblement jeté
en face d'un danger suprême devait-il
avoir une telle récompense ? Ne fallait-il
pas qu'il protégeât désormais la jeune fille
contre les fureurs de Juancho, qui pouvait
revenir à la charge et recommencer ses
violences ?

Andrès faisait tous ces raisonnements
et bien d'autres ; — tout en réfléchissant, il
regardait Militona, qui, assise près de la
fenêtre, tenait en main quelqu'ouvrage,
car une fois le trouble des premiers mo-
ments passé, elle avait repris sa vie laborieuse.

Une lumière tiède et pure l'enveloppait
comme d'une caresse et glissait avec des

frissons bleuâtres sur les bandeaux de ses
magnifiques cheveux roulés en natte derrière sa tête ; un œillet placé près de la
tempe piquait cet ébène d'une étincelle
rouge. Elle était charmante ainsi. Un coin
de ciel bleu, sur lequel se dessinait le
feuillage du pot de basilic, veuf de son
pendant, lancé à la rue le soir du billet,
servait de fond à sa délicieuse figure.

Le grillon et la caille jetaient leur note
alternée, et une vague brise, se parfumant
sur la plante odorante, apportait dans la
chambre un arôme faible et doux.

Cet intérieur aux murailles blanches,
garni de quelques gravures populaires
grossièrement coloriées, illuminé par la
présence de Militona, avait un charme qui
agissait sur Andrès. Cette chaste indigence.

cette nudité virginale plaisaient à l'àme;
la pauvreté innocente et fière a sa poésie.
Il faut donc réellement si peu de chose
pour la vie d'un être charmant !

En comparant cette chambre si simple
à l'appartement prétentieux et de mauvais
goût de dona Feliciana, Andrès trouva la
pendule, les rideaux, les statuettes et les
petits chiens de verre filé de sa fiancée encore plus ridicules.

Un tintement argentin se fit entendre
dans la rue.

C'était le troupeau des chèvres lai-
tières qui passaient en agitant leurs sonnettes.

— Voilà mon déjeûner qui arrive, dit
gaîment Militona en posant son ouvrage
sur la table, il faut que je descende pour

l'arrêter au passage ; je vais aujourd'hui prendre un pot plus grand, puisque nous sommes deux et que le médecin vous a permis de manger quelque chose.

— Vous n'aurez pas en moi un convive difficile à nourrir, répondit Andrès en souriant.

—Bah ! l'appétit vient en mangeant lorsque le pain est blanc et le lait pur, et mon fournisseur ne me trompe pas.

En disant ces mots, elle disparut en fredonnant à mi-voix un couplet de vieille chanson. Au bout de quelques minutes elle revint les joues roses, la respiration haute d'avoir monté si vite les marches du raide escalier, tenant sur la paume de sa main le vase plein d'un lait écumant.

— J'espère, monsieur, que je ne vous ai

pas laissé longtemps seul. Quatre-vingts marches à descendre et surtout à monter !

— Vous êtes vive et preste comme un oiseau. Tout à l'heure ce noir escalier devait ressembler à l'échelle de Jacob.

— Pourquoi ! demanda Militona avec la plus parfaite naïveté, ne se doutant pas qu'on lui tendait un madrigal.

— Parce qu'il en descendait un ange, répondit Andrès en attirant à ses lèvres une des mains de Militona qui venait de faire deux parts du lait.

— Allons, flatteur, mangez et buvez ce qui vous revient ; vous m'appelleriez archange que vous n'en auriez pas davantage.

Elle lui tendit une tasse brune, à demi-

pleine, avec un petit quartier de ce déli-
cieux pain mat et serré, d'une blancheur
éblouissante, particulier à l'Espagne.

— Vous faites maigre chère, mon pauvre ami, mais puisque vous avez pris un
habit d'enfant du peuple, il faut vous ré-
soudre aussi au déjeûner qu'aurait fait
celui dont vous avez revêtu le costume :
cela vous apprendra à vous déguiser.

En disant cela elle soufflait la mousse
légère qui couronnait sa tasse, et buvait à
petites gorgées. — Une jolie raie blanche
marquait au-dessus de sa lèvre rouge la
hauteur atteinte par le lait.

—A propos, dit-elle, vous allez m'expliquer, maintenant que vous pouvez parler,
pourquoi vous que j'ai rencontré à la place
de Taureaux, pincé dans une jolie redingote

habillé à la dernière mode de Paris, je vous ai retrouvé devant ma porte vêtu en manolo. Quand étiez-vous déguisé? Ici ou là-bas? Bien que je n'aie pas grand usage du monde, je crois que la première forme sous laquelle je vous ai vu était la vraie. Vos petites mains blanches qui n'ont jamais travaillé le prouveraient.

— Vous avez raison, Militona, le désir de vous revoir et la crainte d'attirer sur vous quelque danger, m'avaient fait prendre cette veste, cette ceinture et ce chapeau; mes vêtements habituels auraient trop vite appelé l'attention sur moi dans ce quartier. Avec les autres je n'étais qu'une ombre dans la foule ou nul œil ne pouvait me reconnaître que l'œil de la jalousie.

— Et celui de l'amour, reprit Militona
en rougissant. Votre travestissement ne
m'a pas trompé une minute : j'aurais cru
que la phrase que je vous avais dite au
Cirque vous aurait arrêté ; je le désirais,
car je prévoyais ce qui n'a pas manqué
d'arriver, et pourtant j'eusse été fâchée
d'être trop bien obéie.

— Et ce terrible Juancho, me permet-
tez-vous quelques questions sur son
compte ?

— Ne vous ai-je pas dit, sous la pointe
de son couteau, que je vous aimais ? N'ai-
je pas ainsi répondu d'avance à tout ? répliqua la jeune fille en tournant vers Andres ses yeux illuminés d'innocence, son
front radieux de sincérité.

Tous les doutes qui avaient pu s'élever dans son esprit, à l'endroit de la liaison du torero et de la jeune fille, s'évanouirent comme une vaine fumée.

— Du reste, si cela peut vous faire plaisir, cher malade, je vous raconterai mon histoire et la sienne en quatre mots. Commençons par moi. Mon père, obscur soldat, a été tué pendant la guerre civile en combattant comme un héros pour la cause qu'il croyait la meilleure. Ses hauts faits seraient chantés par les poètes si, au lieu d'avoir eu pour théâtre quelque gorge étroite de montagne dans une sierra de l'Aragon, ils avaient été accomplis sur quelque champ de bataille illustre. Ma digne mère ne put survivre à la perte d'un époux adoré, et je restai orpheline à treize

ans, sans autres parents au monde qu'Aldonza, pauvre elle-même, et qui ne pouvait
m'être d'un grand secours.

Cependant, comme il me faut bien peu,
j'ai vécu du travail de mes mains sous ce
ciel indulgent de l'Espagne, qui nourrit
ses enfants de soleil et de lumière ; ma
plus grande dépense, c'était d'aller voir
les lundis la course de taureaux ; car nous
autres, qui n'avons pas comme les demoi-
selles du monde, la lecture, le piano, le
théâtre et les soirées, nous aimons ces
spectacles simples et grandiose où le
courage de l'homme l'emporte sur l'impé-
tuosité aveugle de la brute. Là, Juancho
me vit, et conçut pour moi un amour insensé, une passion frénétique. Malgré sa
mâle beauté, ses costumes brillants, ses

exploits surhumains, il ne m'inspira jamais
rien.... Tout ce qu'il faisait, et qui aurait
dû me toucher, augmentait mon aversion
pour lui.

Cependant il avait une telle adoration
pour moi que souvent je me trouvais in-
grate de ne pas répondre ; mais l'amour
est indépendant de notre volonté ; Dieu
nous l'envoie quand il lui plaît.— Voyant
que je ne l'aimais pas, Juancho tomba
dans la méfiance et dans la jalousie ; il
m'entoura de ses obsessions, il me sur-
veilla, m'épia et chercha partout des rivaux imaginaires. Il me fallut veiller sur
mes yeux et sur mes lèvres ; un regard,
une parole, devenaient pour Juancho le
prétexte de quelque affreuse querelle ; il
faisait la solitude autour de moi et m'en

tourait d'un cercle d'épouvante que bientôt
nul n'eût osé franchir.

— Et que j'ai rompu à jamais, je l'espère,
car je ne pense pas que Juancho revienne
à présent.

— Pas de si tôt du moins, car il doit se
cacher pour éviter les poursuites jusqu'à
ce que vous soyez guéri. Mais vous, qui
êtes-vous? Il est bien temps de le deman-
der, n'est-ce pas?

— Andrès de Salcedo est mon nom. J'ai
assez de fortune pour ne faire que ce qui
me paraît honorable, et je ne dépends de
personne au monde.

— Et vous n'avez pas quelque novia bien
belle, bien parée, bien riche? dit Militona
avec une curiosité inquiète.

Andrès aurait bien voulu ne pas mentir,

mais la vérité n'était pas aisée à dire. Il fit une réponse vague.

Militona n'insista pas, mais elle pâlit un peu et devint rêveuse.

— Pourriez-vous me faire donner un bout de plume et un carré de papier? je voudrais écrire à quelques amis, qui doivent être inquiets de ma disparition, et les rassurer sur mon sort.

La jeune fille finit par trouver au fond de son tiroir une vieille feuille de papier à lettre une plume tordue, et une écritoire où l'encre desséchée formait comme un enduit de laque.

Quelques gouttes d'eau rendirent à la noire bourbe sa fluidité primitive, et Andrès put griffonner, sur ses genoux, le bil-

let suivant adressé à don Geronimo Vasquez
de los Rios :

« Mon futur beau-père,

« Ne soyez pas inquiet de ma disparition, un accident, qui n'aura pas de suites
graves me retient pour quelque temps dans
la maison où l'on m'a recueilli. J'espère,
dans quelques jours, pouvoir aller mettre
mes hommages aux pieds de doña Feliciana.

« ANDRÉS DE SALCEDO. »

Cette lettre, passablement machiavéli-
que, n'indiquait pas l'adresse de la maison,
ne précisait rien, et laissait à celui qui
l'avait écrite la latitude de colorer plus
tard les circonstances de la teinte néces-
saire ; elle devait suffire pour calmer les

craintes du bonhomme et de Feliciana et
faire gagner du temps à Andrès, qui ne
savait pas Geronimo si bien instruit, grâce
à la sagacité d'Argamasilla et de Covachuelo.

La tia Aldonza porta la missive à la
poste, et Andrès, tranquille de ce côté-là,
s'abandonna sans réserve aux sensations
poétiques et douces que lui inspirait cette
pauvre chambre rendue si riche par la
présence de Militona.

Il éprouvait cette joie immense et pure
de l'amour vrai qui ne résulte d'aucune
convention sociale, où n'entrent pour rien
les flatteries de l'amour-propre, l'orgueil
de la conquête et les chimères de l'imagination, de cet amour qui naît de l'accord

heureux de la jeunesse, de la beauté et de
l'innocence : sublime trinité !

Le brusque aveu de Militona, au dire
des raffinés qui dégustent l'amour comme
une glace par petites cuillerées, et attendent pour le mieux savourer... qu'il soit
fondu, aurait dû enlever à Andrès bien
des nuances, bien des gradations char-
mantes par sa soudaineté sauvage. Une
femme du monde eût préparé six mois
l'effet de ce mot ; mais Militona n'était pas
du monde.

Don Geronimo ayant reçu la lettre d'Andrès, la porta à sa fille, et lui dit d'un air
de jubilation :

— Tiens, Feliciana, une lettre de ton
fiancé.

IX

Feliciana prit d'un air assez dédaigneux
le papier que lui tendait son père, fit la
remarque qu'il n'était nullement glacé, et
dit :

— Une lettre sans enveloppe et fermée
avec un pain à cacheter ! Quelle faute de
savoir-vivre ! mais il faut pardonner quelque chose à la rigueur de la situation

Pauvre Andrès! quoi! pas même un
cahier de papier à lettres Victoria! pas
même un bâton de cire d'Alcroft Regents'-
quadrant! Qu'il doit être malheureux!
A-t-on idée d'une feuille de chou pareille,
sir Edwards, ajouta-t-elle en passant,
après l'avoir lue, la lettre au jeune gentle-
man du Prado fort assidu dans la maison
depuis l'absence d'Andrès.

— Ho! gloussa péniblement l'aimable
insulaire, les sauvages en Australie font
mieux que cela! c'est l'enfance de l'indus-
trie; à Londres, on ne voudrait pas de ce
chiffon pour envelopper les bougies de
suif.

— Parlez anglais, sir Edwards, dit Feliciana; vous savez que j'entends cette langue.

— No! je aime mieux perfectionner moi dans l'espagnol, langage qui est le vôtre.

Cette galanterie fit sourire Feliciana. Sir Edwards lui plaisait assez. Il réalisait bien mieux qu'Andrès son idéal d'élégance et de comfortable. C'était, sinon le plus civil, du moins le plus civilisé des hommes. Tout ce qu'il portait était fait d'après les procédés les plus nouveaux et les plus perfectionnés. Chaque pièce de ses vêtements relevait d'un brevet d'invention et était taillée dans une étoffe patentée imperméable à l'eau et au feu. Il avait des canifs qui étaient en même temps des rasoirs, des tire-bouchons, des cuillers, des fourchettes et des gobelets; des briquets se compliquant de bougies, d'encriers, de cachets et de bâtons de cire; des cannes

16

dont on pouvait faire une chaise, un parasol, un pieu pour une tente et même une pirogue en cas de besoin, et mille autres inventions de ce genre, enfermées dans une quantité innombrable de ces boîtes à compartiments que charrient avec eux du pole Arctique à l'Équateur les fils de la perfide Albion, les hommes du monde à qui il faut le plus d'outils pour vivre.

Si Feliciana avait pu voir la table toilette du jeune lord, elle eût été subjuguée tout à fait. Les trousses réunies du chirurgien, du dentiste et du pédicure ne comptent pas plus d'aciers de formes alarmantes et singulières. — Andrès, malgré ses essais de *high life**, avait toujours été bien loin de cette sublimité.

* Homme du bel air.   (*Note de l'Éditeur*).

— Mon père, si nous allions faire une
visite à notre cher Andrès, sir Edwards
nous accompagnerait, cela serait moins
formel, car j'ai beau être sa fiancée, l'action d'aller voir un jeune homme blesse
toujours les convenances ou tout au moins
les froisse.

— Puisque je serai là avec sir Edwards,
quel mal peut-il y avoir? répondit Géronimo, qui ne pouvait s'empêcher de trouver sa fille un peu bégueule. — Si d'ailleurs
tu penses qu'il ne soit pas régulier d'aller
voir toi-même don Andrès, j'irai seul, et
te rapporterai fidèlement de ses nouvelles.

— Il faut bien faire quelque sacrifice à
ceux qu'on aime, reprit Feliciana, qui n'é-
tait pas fâchée de voir les choses par ses
propres yeux.

Mademoiselle Vasquez, quelque bien élevée qu'elle fût, n'en était pas moins femme, et l'idée de savoir son fiancé, pour lequel elle n'avait du reste qu'une passion très modérée, chez une manola qu'on disait jolie, l'inquiétait plus qu'elle n'aurait voulu en convenir vis à vis d'elle-même. L'âme féminine la plus sèche a toujours quelque fibre qui palpite, pincée par l'amour-propre et la jalousie.

Sans trop savoir pourquoi, Feliciana fit une toilette exorbitante et tout à fait déplacée pour la circonstance : pressentant une lutte, elle se revêtit de pied en cap de la plus solide armure qu'elle put trouver dans l'arsenal de sa garde-robe, non que dans son dédain de bourgeoise riche, elle crût pouvoir être battue par une simple

manola, mais instinctivement elle voulait
l'écraser par l'étalage de ses splendeurs,
et frapper Andrès d'une amoureuse admiration. Elle choisit un chapeau de gros de
Naples couleur paille qui faisait paraître
encore plus mornes ses cheveux blonds et
sa figure fade; un mantelet vert-pomme
garni de dentelles blanches sur une robe
bleu de ciel; des bottines lilas et des gants
de filet noir brodés de bleu. Une ombrelle
rose entourée de dentelles et un sac al-
lourdi de perles d'acier complétaient l'é-
quipement.

Toutes les couturières et toutes les femmes de chambre du monde lui eussent dit :
Mademoiselle, vous êtes mise à ravir !

Aussi lorsqu'elle donna un dernier
coup-d'œil à la glace de sa psyché, sourit-

elle d'un air fort satisfait ; jamais elle n'avait ressemblé davantage à la poupée d'un journal de modes sans abonnés.

Sir Edwards, qui donnait le bras à Feliciana n'était pas ajusté dans un style moins précieux : son chapeau presque sans bord, son habit aux basques rognées, son gilet quadrillé bizarrement, son col de chemise triangulaire, sa cravate de satin *improved Moreen foundation* faisait un digne pendant aux magnificences étalées par la fille de don Geronimo.

Jamais couple mieux assorti n'avait cheminé côte à côte ; ils étaient faits l'un pour l'autre et s'admiraient réciproquement.

On arriva à la rue d'el Povar, non sans de nombreuses plaintes de Feliciana sur le

mauvais état des pavés, sur l'étroitesse
des rues, l'aspect maussade des bâtisses,
lamentations auxquelles le jeune Anglais
faisait chorus en vantant les larges trottoirs
de dalles ou de bitume, les immenses rues
et les constructions correctes de sa ville
natale.

— Quoi, c'est devant cette masure que
l'on a ramassé M. de Salcedo déguisé et
blessé? Que pouvait-il venir faire dans cet
affreux quartier? dit Feliciana d'un air de
dégoût.

— Étudier philosophiquement les mœurs
du peuple ou essayer sa force au couteau,
comme à Londres je me fais, pour placer
des coups de poing nouveaux, des querelles dans le Temple et dans Cheapside,

répondit le jeune lord, dans son jargon hispano-britannique.

— Nous allons bientôt savoir ce qui en est, ajouta don Geronimo.

Les trois personnages s'engouffrèrent dans l'allée de la pauvre maison si fort méprisée par la superbe Feliciana, et qui pourtant renfermait un trésor qu'on chercherait souvent en vain dans des hôtels magnifiques.

Feliciana, pour franchir l'allée, tenait sa jupe précieusement ramassée dans sa main. Si elle eût connu l'agrafe-Page, elle eût en ce moment apprécié tout le mérite de cette invention.

Arrivé à la rampe, elle frémit à l'idée de poser sur cette corde huileuse son gant d'une fraîcheur idéale, et pria sir Ed-

wards de lui prêter de nouveau l'appui de
son bras.

Une voisine officieuse ouvrait la marche. — La périlleuse ascension commença.

Lorsque don Geronimo eut répondu :
Gente de paz (gens tranquilles) au qui vive
effrayé de la tia Aldonza, toujours en tran-
ses depuis l'algarade de Juancho, la porte
s'ouvrit, et Andrès, déjà troublé par l'accent de cette voix connue, vit entrer d'a-
bord sir Edwards, qui formait l'avant-
garde, puis don Geronimo, et enfin Feliciana, dans l'éclat fabuleux de sa toilette
supercoquentieuse.

Elle s'était réservée pour le bouquet de
ce feu d'artifice de surprise, soit par instinct de la gradation des effets, soit qu'elle

craignît d'inonder trop subitement l'âme
d'Andrès d'un bonheur au-dessus de ses
forces, ou bien encore parce qu'il n'eût
pas été convenable d'entrer la première
dans une chambre où se trouvait un jeune
homme couché.

Son entrée ne produisit pas le coup de
théâtre qu'elle en attendait. Non-seule-
ment Andrès ne fut pas ébloui, il n'eut pas
l'air inondé de la félicité la plus pure ; il
ne versa pas de larmes d'attendrissement
à l'idée du sacrifice surhumain de monter
trois étages, que venait de faire en sa fa-
veur une jeune personne si bien habillée ;
mais encore un sentiment assez visible de
contrariété se peignit sur sa figure.

L'effet avait été raté aussi complètement
que possible.

A l'aspect de ces trois personnes, Militona s'était levée, avait offert une de ses chaises à don Geronimo, avec la déférence respectueuse qu'une jeune fille modeste a toujours pour un vieillard, et fait signe à la tia Aldonza de présenter l'autre à mademoiselle Vasquez.

Celle-ci, après avoir écarté la jupe de sa mirifique robe bleu-de-ciel, comme si elle eût craint de la salir, se laissa tomber sur le siège de joncs en poussant un soupir d'essoufflement et en s'éventant avec son mouchoir.

— Comme c'est haut! j'ai cru que je n'aurais jamais assez de respiration pour arriver.

— La señora était sans doute trop ser-

rée, dit Militona d'un air de naïveté parfaite.

Feliciana, qui, bien que maigre, se laçait
au cabestan, répondit de ce ton aigre-
doux, que les femmes savent prendrer en
pareille circonstance :

— Je ne me serre jamais.

Décidément, l'affaire s'engageait mal.
La jeune fille du monde n'avait pas l'avan-
tage.

Militona, avec sa robe de soie noire à la
mode espagnole, ses jolis bras découverts,
sa fleur posée sur l'oreille, faisait paraître
encore plus ridicules la recherche et le
luxe de mauvais goût de la toilette de Feliciana.

La señora Feliciana Vasquez de los Rioz
avait l'air d'une femme de chambre an-

glaise endimanchée ; Militona d'une du-
chesse qui veut garder l'incognito.

Pour réparer son échec, la fille de Geronimo essaya de déconcerter la manola en
faisant peser sur elle un regard suprème-
ment dédaigneux ; mais elle en fut pour
ses peines, et finit par baisser les yeux devant le regard clair et modeste de l'ou-
vrière.

— Quelle est cette femme ? se dit Militona : la sœur d'Andrès ? oh ! non ; elle lui
ressemblerait ; elle n'aurait pas cet air in-
solent.

— Eh bien ! Andrès, dit Geronimo d'une
voix affectueuse, en s'approchant du lit,
vous l'avez échappé belle ! Comment vous
trouvez-vous maintenant !

— Assez bien, répondit Andrès, grâce aux bons soins de mademoiselle.

— Que nous récompenserons convenablement de ses peines, interrompit Feliciana, par quelque cadeau, une montre d'or, une bague ou tout autre bijou à son choix.

Cette phrase bénigne avait pour but de faire descendre la charmante créature du piédestal où la posait sa beauté.

Militona ainsi attaquée prit un air si naturellement royal et eut une telle fulguration de majesté, que mademoiselle Vasquez demeura toute interdite.

Edwards ne put s'empêcher de murmurer :

— *It is a very pretty girl*[*], — oubliant que Feliciana comprenait l'anglais.

---

[*] C'est une très jolie fille.   (*Note de l'Éditeur*).

Andrès répondit d'un ton sec :

— De pareils services ne se paient pas.

— Oh! sans doute, reprit Geronimo. Qui parle de payer! c'est un simple témoignage de gratitude, un souvenir de reconnaissance, voilà tout.

— Vous devez être bien mal ici, cher Andrès, continua mademoiselle Vasquez en détaillant de l'œil tout ce qui manquait au pauvre logis.

— Monsieur a eu la bonté de ne pas se plaindre, dit Militona en se retirant du côté de la fenêtre comme pour laisser le champ libre à l'impertinence de Feliciana et lui dire tacitement : « Vous êtes chez moi, je ne vous chasse pas ; je ne le puis, mais je trace une ligne de démarcation

entre vos insultes et ma patience d'hô-
tesse. »

Commençant à être assez embarrassée
de sa contenance, Feliciana fouettait la
pointe de sa bottine avec le bout d'ivoire de
son ombrelle.

Il se fit un moment de silence.

Don Geronimo rechercha à l'angle de sa
tabatière une pincée de *polvo sevillano* (tabac jaune) qu'il porta à son nez vénérable
avec un geste d'aisance qui sentait le bon
vieux temps.

Sir Edwards, pour ne pas se compromettre, prit un air bête si parfaitement
imité, qu'on aurait pu le croire véritable.

La tia Aldonza, les yeux écarquillés, la
lèvre tombante, admirait dévotement la
vertigineuse toilette de Feliciana : ce ta-

page de bleu de ciel, de jaune, de rose, de vert-pomme, de lilas, la faisait tomber dans un ébahissement naïf. Jamais elle ne s'était trouvée face à face avec de pareilles splendeurs.

Quant à Andrès, il enveloppait d'un long regard de protection et d'amour Militona, qui, placée à l'autre bout de la chambre, rayonnait de beauté, et il s'étonnait d'avoir jamais eu l'idée d'épouser Feliciana, qu'il trouvait ce qu'elle était réellement : le produit artificiel d'une maîtresse de pension et d'une marchande de modes.

Militona se disait à elle-même :

— C'est singulier ! moi qui n'ai jamais haï personne, dès le premier pas que cette femme a fait dans cette chambre, j'ai senti un tressaillement comme à l'approche

17

d'un ennemi inconnu ; — qu'ai-je à craindre ? Andrès ne l'aime pas, j'en suis sûre ;
je l'ai bien vu à ses yeux. Elle n'est pas jolie, et c'est une sotte ; autrement serait-
elle venue ainsi attifée voir un malade dans
une pauvre maison ! Une robe bleu de ciel
et un mantelet vert-pomme, quel manque
de sensibilité ! Je la déteste, cette grande
perche... Que vient-elle faire ici ? Repê-
cher son novio ; car c'est sans doute quelque fiancée. Andrès ne m'avait pas parlé
de cela... Oh ! s'il l'épousait, je serais bien
malheureuse ! mais il ne l'épousera pas,
c'est impossible ! Elle a de vilains cheveux
blonds et des taches de rousseur, et Andrès m'a dit qu'il n'aimait que les cheveux
noirs et les teints d'une pâleur unie.

Pendant ce monologue, Feliciana en

faisait un autre de son côté. Elle analy-
sait la beauté de Militona avec le violent
désir de la trouver en défaut sur quelque
point. A son grand regret; elle n'y trouva
rien à redire. Les femmes, comme les
poètes, s'apprécient à leur juste valeur et
connaissent leur force véritable, sauf à
n'en convenir jamais. Sa mauvaise humeur s'en augmenta, et elle dit d'un ton
assez aigre au pauvre Andrès :

— Si votre médecin ne vous a pas défendu de parler, racontez-nous donc un
peu votre aventure, — car c'est une aventure — que nous ne savons que d'une manière fort embrouillée.

— Ho! tâchez de raconter l'histoire ro-
manesque, ajouta l'Anglais.

— Tu veux le faire bavarder et tu vois

bien qu'il est encore très faible, interrompit Geronimo avec une bonhomie paternelle.

— Cela ne le fatiguera pas beaucoup, et, au besoin, mademoiselle pourra venir à son aide, elle doit savoir toutes les circonstances.

Ainsi interpellée, Militona se rapprocha du groupe.

— J'avais eu la fantaisie, dit Andrès, de me déguiser en manolo pour courir dans les anciens quartiers et jouir de l'aspect animé des cabarets et des bals populaires, car vous le savez, Feliciana, j'aime, tout en admirant la civilisation, les vieilles coutumes espagnoles. — En passant par cette rue, j'ai rencontré un farouche donneur de sérénades, qui m'a cherché querelle et m'a blessé dans un combat au couteau, loyalement et dans toutes les règles. Je suis tombé, et mademoiselle m'a recueilli demi-mort sur le seuil de sa maison.

— Mais savez-vous bien, Andrès, que cela est fort romantique et ferait un sujet de complainte admirable, en poétisant un peu les choses : — Deux farouches rivaux se rencontrèrent sous le balcon d'une beauté... — et en disant cela elle regardait Militona et riait d'un méchant sourire forcé, — ils se cassent leur guitare sur la tête et se tracent des croix sur la figure. Cette scène, gravée sur bois et placée en tête de la romance, produirait le plus bel effet; ce serait à faire la fortune d'un aveugle.

— Mademoiselle, dit gravement Mili-

tona, deux lignes plus bas et la lame en-
trait dans le cœur.

—Certainement, mais comme toujours,
elle a glissé de manière à ne faire qu'une
blessure intéressante...

— Qui ne vous intéresse guère, en tous
les cas, répliqua la jeune fille.

—Elle n'a pas été reçue en mon honneur,
et je ne puis y prendre un si vif intérêt que
vous, cependant, vous voyez que je viens
rendre visite à votre blessé. Si vous voulez, nous veillerons chacune notre tour :
ce sera charmant.

— Jusqu'à présent je l'ai veillé seule, et
je continuerai, répondit Militona.

— Je sens qu'à côté de vous je puis paraître froide ; mais il n'est pas dans mes
mœurs de recueillir des jeunes gens chez

moi, même pour une légère égratignure à
la poitrine.

— Vous l'auriez laissé mourir dans la
rue de peur de vous compromettre?

— Tout le monde n'est pas libre comme
vous; on a des ménagements à garder;
celles qui ont une réputation ne sont pas
bien aises de la perdre.

— Allons, Feliciana, tu dis des choses
qui n'ont pas le sens commun; tu t'em-
portes à propos de rien, dit le conciliant
Geronimo. Tout cela est purement fortuit;
Andrès n'avait jamais vu mademoiselle
avant l'accident; ne vas pas prendre de la
jalousie et te mettre martel en tête sans le
moindre motif.

— Une fiancée n'est pas une maîtresse,
continua majestueusement Feliciana sans

prendre garde à l'interruption de son
père.

Militona pâlit sous cette dernière in-
sulte. Un lustre humide illumina ses yeux,
son sein gonfla, ses lèvres gonflèrent, un
sanglot fut près de jaillir de sa gorge ;
mais elle se contint, et ne répondit que
par un regard chargé d'un mépris écra-
sant.

— Allons-nous-en, mon père, ma place
n'est pas ici ; je ne puis m'arrêter plus
longtemps chez une fille perdue.

— Si ce n'est que cela qui vous fait sortir, restez, Mademoiselle, dit Andrès en
prenant Militona par la main. Dona Feliciana Vasquez de Los Rios peut prolonger
sa visite à madame Andrès de Salcedo,
que je vous présente, je serais désolé de

vous avoir fait commettre une inconve-
nance.

— Comment! s'écria Geronimo, que
dis-tu, Andrès? un mariage arrangé depuis dix ans! es-tu fou?

— Au contraire, je suis raisonnable, répondit le jeune homme; je sais que je
n'aurais pu faire le bonheur de votre
fille.

— Chimères, fantaisies d'écervelé. Tu
es malade, tu as la fièvre, continua Geronimo, qui s'était habitué à l'idée d'avoir
Andrès pour gendre.

— Ho! ne vous inquiétez pas, dit l'Anglais en tirant Geronimo par la manche.
Vous ne manquerez pas de gendres : votre
fille est si belle et s'habille d'une façon si
superbe!

— Vos fortunes se convenaient si bien, poursuivit Geronimo...

— Mieux que nos cœurs, répondit Andrès. Je ne pense pas que ma perte soit bien vivement sentie par mademoiselle Vasquez.

— Vous êtes modeste, répliqua Feliciana, mais, pour vous ôter tout remords, je veux vous laisser cette persuasion. Adieu, soyez heureux en ménage. — Madame, je vous salue.

Militona répondit par une révérence pleine de dignité à l'inclination de tête ironique de Feliciana.

— Venez mon père ; sir Edwards, donnez-moi le bras.

L'Anglais, interpellé, arrondit gracieu-

sement son bras en anse d'amphore, et ils
sortirent très majestueusement.

Le jeune insulaire rayonnait. Cette scène
avait fait naître dans son esprit des espérances qui jusqu'alors n'avaient pu ouvrir
leurs ailes. — Feliciana, pour laquelle il
brûlait d'une flamme discrète, était libre !
Ce mariage projeté depuis si longtemps
venait de se rompre : « Oh ! se disait-il en
sentant sur sa manche le gant étroit de la
jeune fille, épouser une Espagnole, c'était
mon rêve ! une Espagnole à l'âme passion-
née, au cœur de flamme et qui fasse le
thé dans mes idées... Je suis de l'avis de
lord Byron: arrière les pâles beautés du
Nord ; j'ai juré à moi-même de ne me ma-
rier qu'avec une Indienne, une Italienne
ou une Espagnole. J'aime mieux l'Espa-

gnole à cause du romancro et de la
guerre de l'indépendance ; j'en ai vu beaucoup qui étaient passionnées, mais elles
ne faisaient pas le thé selon mes principes,
commettaient des impropriétés vraiment
choquantes; au lieu que Feliciana est si bien
élevée! Quel effet elle fera à Londres, aux
bals d'Almack et dans les raouts fashion-
nables! Personne ne voudra croire qu'elle
est de Madrid. Oh! que je serai heureux!
Nous irons passer les étés avec notre petite famille, à Calcutta ou au cap de Bonne-
Espérance, où j'ai un cottage. Quelle félicité!

Tels étaient les songes d'or que faisait
tout éveillé sir Edwards en reconduisant
Mademoiselle Vasquez chez elle.

De son côté, Feliciana se livrait à des rê-

veries analogues ; sans doute elle éprouvait un assez vif dépit de la scène qui venait de se passer, non qu'elle regrettât
beaucoup Andrès, mais elle était piquée
d'avoir été prévenue. Il y a toujours quelque chose de désagréable à être quittée
même par un homme à qui l'on ne tient pas,
et, depuis qu'elle connaissait sir Edwards,
Feliciana avait envisagé sous un jour beaucoup moins favorable, l'engagement qui la
liait à Andrès.

La rencontre de son idéal personnifié
dans sir Edwards lui avait fait comprendre
qu'elle n'avait jamais aimé don Andrès !

Sir Edwards était si bien l'Anglais de
ses rêves ! l'Anglais rasé de frais, vermeil,
luisant, brossé, peigné, poncé, en cravate
blanche dès l'aurore, l'Anglais Waterproof

et Mackintosh ! l'expression suprême de
la civilisation !

Et puis, il était si ponctuel ! si précis, si
mathématiquement exact au rendez-vous !
Il en aurait remontré aux plus fidèles chro-
nomètres ! Quelle vie heureuse une femme
mènerait avec un être pareil, se disait tout
bas mademoiselle Feliciana Vasquez de
los Rios.

— J'aurais de l'argenterie anglaise, des
porcelaines de Wegwood, des tapis dans
toute la maison, des domestiques pou-
drés ; j'irais me promener à Hyde-Park, à
côté de mon mari conduisant son *four in
hand*. Le soir, au théâtre de la reine, j'en-
tendrais de la musique italienne dans ma
loge tendue de damas bouton d'or. Des
daims familiers joueraient sur la pelouse

verte de mon château, et peut-être aussi
quelques enfants blonds et roses : des enfants font si bien sur le devant d'une calèche, à côté d'un King's-Charles authenti-
que !

Laissons ces deux êtres si bien faits
pour s'entendre continuer leur route et
revenons rue d'el Povar retrouver Andrès
et Militona.

La jeune fille, après le départ de Feliciana, de don Geronimo et de sir Edwards,
s'était jetée au col d'Andrès avec une ef-
fusion de sanglots et de larmes, mais c'é-
taient des larmes de joie et de bonheur
qui ruisselaient doucement en perles trans-
parentes sur le duvet de ses belles joues
sans rougir ses divines paupières.

Le jour baissait, les jolis nuages roses

du couchant pommelaient le ciel. Dans le
lointain l'on entendait bourdonner les gui-
tares, ronfler les panderos sous les pouces
des danseuses, frissonner les plaques de
cuivre des tambours de basque, et babiller
les castagnettes. — Les aye ! et les ola ! des
couplets de fandango jaillissaient par bouffées harmonieuses du coin des rues et des
carrefours, et tous ces bruits joyeux et na-
tionaux formaient comme un vague épi-
thalame au bonheur des deux amants. La
nuit état venue tout à fait, et la tête de
Militona reposait toujours sur l'épaule
d'Andrès.

X

Nous avons un peu perdu de vue notre ami Juancho. Il serait convenable d'aller à sa recherche, car il était sorti de la chambre de Militona dans un état d'exaspération qui touchait à la démence. En grommelant des malédictions et en faisant des gestes insensés, il avait gagné sans savoir où il allait la porte de Hierro, et ses

18

pieds l'avaient mené au hasard à travers
la campagne.

Les environs de Madrid sont arides et
désolés, une couleur terreuse revêt les
murailles des misérables constructions
clair-semées le long des routes, et qui ser-
vent à ces industries suspectes et malsaines que les grandes villes rejettent hors
de leur sein. — Ces terrains décharnés
sont constellés de pierres bleuâtres qui
grossissent à mesure qu'on approche du
pied de la Sierra de Guadarrama, dont les
cîmes, neigeuses encore au commencement de l'été, apparaissent à l'horizon comme de petits nuages blancs pelotonnés.
A peine voit-on, çà et là, quelque trace de
végétation. Les torrents desséchés rayent
le sol d'affreuses cicatrices : les pentes et

collines n'offrent aucune verdure et for-
ment un paysage en harmonie avec tous
les sentiments tristes. — La gaîté s'y étein-
drait, mais au moins le désespoir ne s'y
sent raillé par rien.

Au bout d'une heure ou deux de marche,
Juancho, ployant sous le poids de sa pensée, lui que n'eussent pas courbé les portes de Gaza, enlevées par Samson, se laissa
tomber à plat-ventre sur le revers d'un
fossé, s'appuya sur les coudes en se tenant
le menton et les joues avec les mains, et
demeura ainsi immobile, dans un état de
prostration complète.

Il regardait défiler, sans les voir, les
charriots, dont les bœufs, effrayés de voir
ce corps couché sur le bord de la route,
faisaient, en passant près de lui, un écart

qui leur attirait un coup d'aiguillon de la
part de leurs conducteurs, les ânes chargés de paille hachée, et retenue par des
cordelettes de jonc, le paysan à physionomie de bandit fièrement campé sur son
cheval, la main sur la cuisse et la carabine
à l'arçon de la selle ; la paysanne, à l'air
farouche, traînant après soi un marmot en
pleurs ; le vieux Castillan, coiffé de son
casque de peau de loup, le Manchègue,
avec sa culotte noire et ses bas drapés, et
toute cette population errante qui apporte
de dix lieues au marché , trois pommes
vertes ou une botte de piment.

Il souffrait atrocement, et des larmes,
les premières qu'il eût versées, tombaient
de ses joues brunes sur la terre indifférente qui les buvait comme de simples

gouttes de pluie. Sa robuste poitrine, gonflée par des soupirs profonds, soulevait
son corps. Jamais il n'avait été si malheureux; le monde lui semblait près de finir;
il ne voyait plus de but à la création et à
la vie. Qu'allait-il faire désormais?

— Elle ne m'aime pas, elle en aime un
autre, se répétait Juancho, pour se démon-
trer cette vérité fatale que son cœur refu-
sait d'admettre. Est-ce possible, est-ce
croyable; elle si fière, si sauvage, avoir
pris tout-à-coup une passion pour un inconnu, tandis que moi, qui ne vivais que
pour elle, qui la suivais depuis deux ans
comme son ombre, je n'ai pu obtenir un
mot de pitié, un sourire indulgent; je me
trouvais à plaindre alors, mais c'était le
paradis à côté de ce que je souffre aujour-

d'hui. Si elle ne m'aimait pas, au moins
elle n'aimait personne.

Je pouvais la voir ; elle me disait de m'en
aller, de ne plus revenir, que je l'ennuyais,
que je la fatiguais, que je l'obsédais,
qu'elle ne pouvait souffrir plus longtemps
ma tyrannie ; mais au moins, quand je
m'en allais, elle restait seule ; la nuit, j'er-
rais sous sa fenêtre, fou d'amour, ivre de
désirs ; je savais qu'elle reposait chaste-
ment sur son petit lit virginal ; je n'avais
pas la crainte de voir deux ombres sur son
rideau ; malheureux, je savourais cette
douceur amère, que nul n'était mieux partagé que moi. Je ne possédais pas le trésor, mais aucun autre n'en avait la clé.

Et maintenant, c'est fini, plus d'espoir !
Si elle me repoussait quand elle n'aimait

personne, que sera-ce à présent que sa ré-
pulsion contre moi s'augmente de toute
sa sympathie pour un autre? Oh! je le
sentais bien! aussi, comme j'écartais tous
ceux qu'attirait sa beauté; comme je fai-
sais bonne garde autour d'elle! Ce pauvre
Luca et ce pauvre Gines, comme je vous
les ai arrangés, et cela pour rien! et j'ai
laissé passer l'autre, le vrai, le dangereux!
celui qu'il fallait tuer! Main maladroite,
esclave, imbécile, qui n'as pas su faire ton
devoir, sois punie!

En disant cela, Juancho mordit sa main
droite si cruellement que le sang fut près
de jaillir.

— Quand il sera guéri, je le provoque-
rai une seconde fois, et je ne le manquerai
plus. Mais si je le tue, jamais Militona ne

voudra me revoir; de toute façon elle est
perdue pour moi. C'est à en devenir fou;
il n'y a aucun moyen. — S'il pouvait mourir naturellement par quelque catastrophe
soudaine, un incendie, un écroulement de
maison, un tremblement de terre, une
peste. Oh! je n'aurai pas ce bonheur-là.—
Démons et furies! Quand je pense que cette
âme charmante, ce corps si parfait, ces
beaux yeux, ce divin sourire, ce cou rond
et souple, cette taille si mince, ce pied
d'enfant, tout cela c'est à lui! Il peut lui
prendre la main et elle ne la retire pas;
faire pencher vers lui sa tête adorée
qu'elle ne détourne pas avec dédain. Quel
crime ai-je commis pour être puni de la
sorte. Il y a tant de belles filles en Espagne qui ne demanderaient pas mieux que

de me voir à leurs genoux ! Quand je paraîs dans l'arène, plus d'un cœur palpite sous une jolie gorge ; plus d'une main blanche me salue d'un signe amical. Que de Sévillanes, de Madrilègnes et de Grenadines m'ont jeté leur éventail, leur mouchoir, la fleur de leurs cheveux, la chaîne d'or de leur cou, transportées d'admiration pour mon courage et ma bonne mine ; eh bien ! je les ai dédaignées ; je n'ai voulu que celle qui ne voulait pas de moi, entre ces mille amours j'ai choisi une haine ! Entraînement invincible ! destin fatal ! Pauvre Rosaura, toi qui avais pour moi une si naïve tendresse à laquelle je n'ai pas répondu, insensé que j'étais, comme tu as dû souffrir ! — Sans doute je porte aujourd'hui la peine du chagrin que je

t'ai fait. Le monde est mal arrangé : il faudrait que tout amour fît naître son pareil ;
alors on n'éprouverait pas de pareils dé-
sespoirs, Dieu est méchant! C'est peut-
être parce que je n'ai pas fait brûler de
cierges devant l'image de Notre-Dame que
j'ai éprouvé de telles disgrâces. Ah! mon
Dieu! mon Dieu! que faire? Jamais je ne
pourrai vivre une minute tranquille sur
cette terre! Dominguez est bien heureux
que le taureau l'ait tué, lui qui aimait aussi
Militona! J'ai pourtant fait ce que j'ai pu
pour le sauver! Et elle qui m'accusait de
l'avoir abandonné dans le péril! car non-
seulement elle me hait, mais encore elle
me méprise. O ciel! c'est à devenir fou de
rage!

Et en disant ces mots, il se releva d'un

bond et reprit sa course à travers champs.

Il erra ainsi tout le jour, la tête perdue, l'œil hagard, les poings contractés; des hallucinations cruelles lui représentaient Andrès et Militona se promenant ensemble, se tenant la main, s'embrassant, se regardant d'un air de langueur, sous les aspects les plus poignants pour un cœur jaloux! Toutes ces scènes se peignaient de couleurs si vives, s'empreignaient d'une réalité si frappante, qu'il s'élança plus d'une fois en avant, comme pour percer Andrès, mais il n'atteignait que l'air et se réveillait tout surpris de sa vision.

Les formes des objets commençaient à se confondre à sa vue, il se sentait les tempes serrées; un cercle de fer lui pressait la tête, ses yeux brûlaient, et malgré la sueur

qui ruisselait sur sa figure et les rayons
d'un soleil de juin, il avait froid.

Un bouvier dont la charrette avait ver-
sé, la roue ayant passé sur une grosse
pierre, vint lui taper sur l'épaule et lui
dit :

— Homme, vous me paraissez avoir des
bras robustes, voulez-vous m'aider à relever ma charrette? — Mes pauvres bêtes
s'épuisent en vain.

Juancho s'approcha, et sans mot dire
se mit en devoir de relever la charrette,
mais les mains lui tremblaient, ses jambes
flageolaient, ses muscles invaincus ne répondaient plus à l'appel. Il la soulevait un
peu et la laissait retomber, épuisé, hale-
tant.

— Au juger, je vous aurais cru la poi-

gne plus solide que cela, dit le bouvier,
étonné du peu de succès des efforts de
Juancho.

Il n'avait plus de forces, il était malade.

Cependant, piqué d'honneur par la remarque du bouvier, et orgueilleux de ses
muscles comme un gladiateur qu'il était,
il réunit, par une projection de volonté
effrayante, tout ce qui lui restait de vigueur et donna un élan furieux.

La charrette se retrouva sur ses roues
comme par enchantement, sans que le
bouvier y eût mis la main. La secousse
avait été si violente que la voiture avait
failli verser de l'autre côté.

— Comme vous y allez, mon maître !
s'écria le bouvier émerveillé ; depuis l'hercule d'Ocaña, qui emportait les grilles

des fenêtres, et Bernard de Carpio, qui
arrêtait les meules de moulin avec le
doigt, on n'a pas vu un gaillard pareil !

Mais Juancho ne répondit pas, et tomba
évanoui tout de son long sur le chemin,
comme tombe un corps mort pour nous
servir de la formule dantesque.

— Est-ce qu'il se serait brisé quelque
vaisseau dans le corps ? dit le bouvier
tout effrayé. N'importe, puisque c'est en
me rendant service que l'accident lui est
arrivé, je vais le charger sur ma charrette et je le déposerai à San-Agustin, ou
bien à Alcobendas dans quelque auberge.

L'évanouissement de Juancho dura peu,
bien qu'on n'eût employé pour le faire
cesser, ni sels ni esprits, choses dont les
bouviers sont généralement dépourvus ;

mais le torero n'était pas une petite maîtresse.

Le bouvier le couvrit de sa mante. Juancho avait la fièvre et il éprouvait une sen-
sation inconnue jusqu'alors à son corps
de fer — la maladie !

Arrivé à la posada de San-Agustin, il
demanda un lit et se coucha.

Il dormit d'un sommeil de plomb, de
ce sommeil invincible qui s'empare des
prisonniers indiens au milieu des tortures
que leur inflige l'ingénieuse cruauté des
vainqueurs, et dont s'endorment les con-
damnés à mort le matin du jour de leur
exécution.

Les organes brisés refusent à l'âme de
lui donner les moyens de souffrir.

Ce néant de douze heures sauva Juancho

de la folie ; il se leva sans fièvre, sans mal
de tête, mais faible comme dans la conva-
lescence d'une maladie de six mois. Le
sol se dérobait à ses pieds, la lumière
étonnait ses yeux, le moindre bruit l'étour-
dissait ; il se sentait l'esprit creux et l'âme
vide. Un grand écroulement s'était fait en
lui. — A la place où s'élevait autrefois son
amour il y avait un gouffre que rien désormais ne pouvait remplir.

Il resta un jour dans cette auberge et se
trouvant mieux, car son énergique nature
reprenait le dessus, il se fit donner un
cheval et se dirigea vers Madrid, rappelé
par cet instinct étrange qui ramène aux
spectacles douloureux : il éprouvait le besoin d'inonder ses blessures de poison,
d'élargir ses plaies et de se retourner lui-

même le couteau dans le cœur; il était trop loin de son malheur, il voulait s'en rapprocher, pousser son martyre jusqu'au bout, s'enivrer de son absynthe, se faire oublier la cause du mal par l'excès de la souffrance.

Pendant que Juancho promenait sa douleur, des alguazils le cherchaient de tous côtés, car la voix publique le désignait comme étant celui qui avait donné le coup de couteau au seigneur Andrès de Salcedo. — Celui-ci, comme vous le pensez bien, n'avait pas porté plainte; c'était bien assez d'avoir pris au pauvre Juancho celle qu'il aimait, sans encore lui prendre la liberté; Andrès ignorait même les poursuites dirigées contre le torero.

Argamasilla et Covachuelo, cet Oreste

19

et ce Pylade de l'arrestation, s'étaient mis
en campagne pour découvrir et arrêter
Juancho ; mais ils procédaient avec beaucoup de délicatesse, vu les mœurs notoi-
rement farouches du compagnon : on pouvait même croire, et des envieux qui ja-
lousaient la position des deux amis l'af-
firmaient hautement, que Covachuelo et
Argamasilla prenaient des informations
pour ne pas se rencontrer avec celui qu'ils
étaient chargés de prendre ; mais un espion maladroit vint dire qu'on avait vu
entrer le coupable dans la place de Taureaux d'un air aussi calme que s'il n'avait
rien sur la conscience.

Il fallut donc s'exécuter. — Tout en mar-
chant à l'endroit désigné, Argamasilla disait à son ami :

— Je t'en prie en grâce, Covachuelo, ne fais pas d'imprudence ; modère ton héroïsme ; tu sais que le gaillard a la main leste ; n'expose pas la peau du plus grand homme de police qui ait jamais existé à la furie d'un brutal.

— Sois tranquille, répondit Covachuelo, je ferai tous mes efforts pour te conserver ton ami. Je ne serai brave qu'à la dernière extrémité, lorsque j'aurai épuisé tous les moyens parlementaires.

Juancho, en effet, était entré dans le cirque afin de voir les taureaux qu'on venait d'enfermer pour la course du lendemain, plutôt par la force de l'habitude que par un dessein bien arrêté.

Il y était encore et traversait l'arène,

lorsqu'Argamasilla et Covachuelo arrivè-
rent suivis de leur petite escouade.

Covachuelo, avec la plus grande poli-
tesse et les formules les plus cérémonieuses, notifia à Juancho qu'il eût à le suivre
en prison.

Juancho haussa dédaigneusement les
épaules et poursuivit son chemin.

Sur un signe de l'alguazil, deux agents
se jetèrent sur le torero, qui les secoua
comme un grain de poussière qu'on fait
tomber de sa manche.

Toute la bande se rua alors sur Juancho, qui en envoya trois ou quatre rouler
à quinze pas les quatre fers en l'air; mais
comme le nombre finit toujours par l'em-
porter sur la force personnelle, et que
cent pygmées ont raison d'un géant, Juan-

cho, tout en rugissant, s'était peu à peu
rapproché du toril, et là, se débarrassant
par une brusque secousse des mains qui
s'accrochaient à ses habits, il en ouvrit la
porte, se précipita dans ce dangereux asile,
et s'y enferma, — à peu près comme ce
belluaire qui, poursuivi par des gardes
du commerce, se réfugia dans la cage de
ses tigres.

Les assaillants essayèrent de le forcer
dans cette retraite; mais la porte qu'ils
tàchaient d'enfoncer se renversa tout-à-
coup, et un taureau, chassé de son com-
partiment par Juancho, s'élança tète basse
sur la troupe effrayée.

Les pauvres diables n'eurent que le
temps bien juste de sauter par-dessus les

barrières; l'un d'eux ne put éviter un large accroc à ses chausses.

— Diable! dirent Argamasilla et Covachuelo, cela va devenir un siège dans les règles.

— Tentons un nouvel assaut.

Cette fois, deux taureaux sortirent ensemble et fondirent sur les assaillants ; mais comme ceux-ci se dispersèrent avec la légèreté que donne la peur, les bêtes farouches, ne voyant plus d'ennemis humains, se tournèrent l'une contre l'autre, croisèrent leurs cornes, et, le muffle dans le sable, firent de prodigieux efforts pour se renverser

Covachuelo cria à Juancho, en tenant avec précaution le battant de la porte :

— Camarade, vous avez encore cinq

taureaux à lâcher ; nous connaissons vos
munitions. — Après cela, il faudra vous
rendre, et vous rendre sans capitulation.
Sortez de votre propre mouvement, et je
vous accompagnerai à la prison avec tous
les égards possibles, sans menottes ni pou-
cettes, dans un calesin à vos frais, et je ne
ferai aucune mention sur le rapport de la
résistance que vous avez faite aux agents
de l'autorité, ce qui aggraverait votre
peine ; suis-je gentil ?

Juancho ne voulant pas disputer plus
longtemps une liberté qui lui était indifférente, se remit aux mains d'Argamasilla
et de Covachuelo, qui le conduisirent à la
prison de la ville avec tous les honneurs
de la guerre.

Lorsque les clés eurent fini de grincer

dans les serrures, il s'étendit sur son gra-
bat et se dit : — Si je la tuais ! ne songeant
plus qu'il était au cachot.

— Oui, c'est ce que j'aurais dû faire le
jour où j'ai trouvé Andrès chez elle. Ma
vengeance eût été complète ; oh ! quelle
atroce angoisse il eût souffert en voyant
sa maîtresse poignardée sous ses yeux ;
faible, cloué au lit, ne pouvant la défendre,
car je ne l'aurais pas tué, lui ! je n'aurais
pas commis cette faute ! — Je me serais
sauvé dans la montagne ou livré à la justice. — Je serais tranquille, maintenant,
d'une façon ou d'une autre. Pour que je
puisse vivre, il faut qu'elle soit morte,
pour qu'elle puisse vivre, il faut que je
meure : j'avais ma navaja à la main, un
coup et tout était fini ; mais elle avait dans

les yeux une lueur si flamboyante, elle
était si désespérément belle que je n'ai
plus eu ni force, ni volonté, ni courage,
moi qui fais baisser la paupière aux lions
quand je les regarde dans leurs cages, et
ramper les taureaux sur le ventre comme
des chiens battus.

Eh quoi! j'aurais déchiré son sein charmant, fait sentir à son cœur le froid de
l'acier, et ruisseler sur sa blancheur son
beau sang vermeil! — Oh! non, je ne com-
mettrai pas cette barbarie. Il vaudrait
mieux l'étouffer avec son oreiller, comme
fait le nègre à la jeune dame de Venise dans la pièce que j'ai vue au théâtre d'el Circo. — Mais pourtant, elle ne
m'a pas trompé, elle ne m'a pas fait de
faux serment; elle a toujours été vis-à-vi

de moi d'une froideur désespérante. —
C'est égal, je l'aime assez pour avoir droit
de mort sur elle !

Telles étaient, à quelques variantes
près, les idées qui occupaient Juancho
dans sa prison.

Andrès revenait à la santé à vue d'œil ;
il s'était levé, et appuyé sur le bras de Militona, avait pu faire le tour de la chambre
et aller respirer l'air à la fenêtre ; bientôt
ses forces lui avaient permis de descendre
dans la rue et d'aller chez lui faire les
dispositions nécessaires pour son pro-
chain mariage.

Sir Edwards, de son côté, s'était déclaré ; il avait demandé dans les règles la
main de Feliciana Vasquez de los Rios à
don Geronimo, qui la lui avait accordée

avec empressement. Il s'occupait de la
corbeille et faisait venir de Londres des
robes et des parures d'une richesse fabu-
leuse et d'un goût exorbitant. Les cache-
mires choisis dans la gamme jonquille,
écarlate et vert-pomme eussent défié les
investigations de M. Biétry. — Ils avaient
été rapportés de Lahore, cette métropole
des châles, par sir Edwards lui-même,
qui possédait une ou deux fermes dans les
environs, ils étaient faits avec le duvet de
ses propres chèvres; l'âme de Feliciana
nageait dans la joie la plus pure.

Militona, quoique bien heureuse aussi
n'était pas sans quelques appréhensions;
elle avait peur d'être déplacée dans le
monde où son union avec Andrès allait la
faire entrer. Chez elle une maîtresse de

pension n'avait pas détruit l'ouvrage de
Dieu, et l'éducation, remplacé l'instinct ;
elle avait le sentiment du bien, du beau,
de toutes les poésies de l'art et de la nature, mais rien que le sentiment. Ses belles
mains n'avaient jamais pétri l'ivoire du clavier ; elle ne lisait pas la musique, quoiqu'elle chantât d'une voix pure et juste ;
ses connaissances littéraires se bornaient à
quelques romances, et, si elle ne faisait pas
de fautes en écrivant, il fallait en remercier
la simplicité de l'orthographe espagnole.

— Oh ! se disait-elle, je ne veux pas
qu'Andrès rougisse de moi. J'étudierai,
j'apprendrai, je me rendrai digne de lui.
Pour belle, il faut bien croire que je le
suis, ses yeux me le disent ; et quant aux
robes, j'en ai assez fait pour les savoir por-

ter aussi bien que les grandes dames. Nous
irons dans quelques villes où nous reste-
rons jusqu'à ce que la pauvre chrysalyde
ait eu le temps de déployer ses ailes et de
se changer en papillon. — Pourvu qu'il ne
m'arrive pas quelque malheur ! ce ciel trop
bleu m'effraie. Et Juancho, qu'est-il de-
venu ? Ne fera-t-il pas encore quelque tenta-
tive insensée ?

— Oh ! pour cela, non, répondit la tia
Aldonza à cette réflexion de Militona ache-
vée à haute voix. Juancho est en prison,
comme accusé de meurtre sur la personne
de M. de Salcedo, et vu les antécédents du
gaillard, son affaire pourrait prendre mauvaise tournure.

— Pauvre Juancho ! je le plains maintenant. Si Andrès ne m'aimait pas, je serais
si malheureuse !

Le procès de Juancho prenait une mauvaise tournure. Le fiscal présentait le combat nocturne sous forme de guet-apens et d'homicide n'ayant pas donné la mort par cause indépendante de la volonté de Juancho. La chose, ainsi considérée, devenait grave.

Heureusement Andres, par les explications et le mouvement qu'il se donna, réduisit l'assassinat à un simple duel à une arme autre, il est vrai, que celle employée par les gens du monde, mais qu'il pouvait accepter, puisqu'il en connaissait le maniement. La blessure, d'ailleurs, n'avait rien eu de grave, il en était parfaitement rétabli, et, dans cette querelle, il avait eu, en quelque sorte, les premiers torts. Les résultats en avaient été trop heureux pour croire les avoir payés trop cher d'une égratignure.

Une accusation d'assassinat dont la victime se porte bien et plaide pour le meurtrier ne peut pas être soutenue longtemps, même par le fiscal le plus altéré de vindicte publique.

Aussi Juancho fut-il relâché au bout de quelque temps, avec le regret de devoir sa liberté à l'homme qu'il haïssait le plus sur terre, et dont à aucun prix il n'eût voulu recevoir un service.

En sortant de la prison, il dit d'un air sombre.

— Maintenant, me voilà misérablement lié par ce bienfait. Je suis un lâche et un infâme, ou désormais cet homme est sacré pour moi. Oh! j'aurais préféré aller aux galères; dans dix ans je serais revenu et je me serais vengé.

A dater de ce jour, Juancho disparut.

Quelques personnes prétendirent l'avoir vu galoper du côté de l'Andalousie sur son cheval noir. Le fait est qu'on ne le rencontra plus dans Madrid.

Militona respira plus à l'aise ; elle connaissait assez Juancho pour ne plus rien craindre de sa part.

Les deux mariages se firent en même temps et à la même église. Militona avait voulu faire elle-même sa robe de mariée ; c'était son chef-d'œuvre ; on l'aurait dit taillée dans les feuilles d'un lis ; elle était si bien faite, que personne ne la remarqua.

Feliciana avait une toilette extravagante de richesse.

En sortant de l'église, tout le monde disait de Feliciana : Quelle belle robe ; et de Militona : Quelle charmante personne !

XI

Non loin de l'ancien couvent de Santo-
Domingo, dans le quartier de l'Anteque-
rula de Grenade, sur le penchant de la col-
line, s'élevait une maison d'une blancheur
étincelante qui brillait comme un bloc d'argent entre le vert foncé des arbres qui
l'entouraient.

Par-dessus les murailles du jardin débor-

daient comme d'une urne trop pleine, de
folles guirlandes de vigne et de plantes
grimpantes qui retombaient en larges nap-
pes du côté de la rue.

A travers la grille de la porte on aper-
cevait d'abord une espèce de péristyle,
orné d'une mosaïque de cailloux de différentes couleurs, ensuite une cour inté-
rieure, un *patio* pour nous servir de l'expression propre d'une architecture évidemment moresque.

Ce patio était entouré de sveltes colon-
nes de marbre blanc d'un seul morceau,
de la plus gracieuse proportion, dont les
chapiteaux, d'un corinthien capricieux,
portaient, entremêlées à leurs volutes, des
inscriptions en lettres arabes fleuries où
brillaient encore quelques restes de dorure.

Sur ces chapiteaux retombaient des arcs évidés en cœur, pareils à ceux de l'Alhambra qui formaient, sur les quatre faces de la cour, une galerie couverte.

— Au milieu, dans un bassin bordé de vases de fleurs et de caisses d'arbustes, grésillait un mince jet d'eau qui couvrait de perles les feuilles lustrées et semblait chuchotter, de sa voix de cristal, quelqu'amoureux secret à l'oreille des myrthes et des lauriers-roses.

Un tendido de toile plafonnait la cour et en faisait comme un salon extérieur où régnait une ombre transparente et une fraîcheur délicieuse.

Au mur était accrochée une guitare, et sur un canapé de crin traînait un large chapeau de paille, orné de rubans verts.

Tout homme en passant par cette rue
et en jetant l'œil dans cet intérieur, quelque mauvais observateur qu'il fût, n'eût pu
manquer de dire : là vivent des gens heureux. Le bonheur illumine les maisons et
leur donne une physionomie que n'ont pas
les autres. Les murailles savent sourire et
pleurer; elles s'amusent où elles s'ennuient;
elles sont revèches ou hospitalières, selon
le caractère de l'habitant qui leur sert
d'âme : celles-ci ne pouvaient être animées
que par de jeunes amants, ou de nouveaux époux.

Puisque la grille n'est pas fermée, pous-
sons-là et pénétrons dans l'intérieur.

Au fond du *patio*, une autre porte, ouverte aussi, nous donnera entrée dans un
jardin qui n'est ni français ni anglais, et

dont le type n'existe qu'à Grenade ; une vraie forêt vierge de myrthes, d'orangers, de grenadiers, de lauriers roses, de jasmins d'Espagne, de pistachiers, de sycomores, de térébinthes, dominé par quelque cyprès séculaire s'élevant silencieusement dans le bleu du ciel comme une pensée de mélancolie au milieu de la joie.

A travers ces fouillis de fleurs et de parfums s'élançaient en fusées d'argent les eaux du Darro, amenées du sommet de la montagne par les merveilleux travaux hydrauliques des Arabes.

Des plantes rares s'épanouissaient en gerbe dans de vieux vases moresques, aux ailes découpées à jour, au galbe plein de sveltesse, constellé de versets du Coran.

Mais ce qu'il y avait de plus remarqua-

ble était une allée de lauriers aux troncs
polis, aux feuilles métalliques, le long de
laquelle régnaient deux bancs à dossiers
et à sièges de marbre, et couraient deux
ruisseaux d'une eau diamantée dans une
rigole d'albâtre.

Au bout de cette allée, sur le pavé de laquelle le prodigue soleil de l'Andalousie
pouvait à peine jeter quelques ducats
d'or à travers le réseau serré des feuilles,
s'élevait un petit bâtiment de forme élégante, une espècedepavillon de ceux qu'on
appelle, à Grenade, tocador ou mirador,
et d'où l'on jouit d'une vue étendue et pittoresque.

L'intérieur du *mirador* était un bijou de
ciselure moresque. La voûte de celles que
les Espagnols désignent sous le nom de

media-naranja (demi-orange), offrait une si prodigieuse complication d'arabesques et d'ornements, qu'elle semblait plutôt un madrépore ou un gâteau d'abeilles, que l'œuvre de la patience humaine; les grottes à cristallisations offrent seules cette abondance de stalactites sculptés.

Au fond, dans le cadre de marbre de la fenêtre, qui s'ouvrait sur un abîme, étincelait le plus splendide tableau qu'il soit donné à l'œil humain de contempler.

Sur les premiers plans, à travers un bois de lauriers énormes, parmi des rochers de marbre et de porphyre, le Genil accourt, par sauts et par bonds, de la Sierra, et se dépêche d'aller retrouver Grenade et le Darro; plus loin, s'étend la riche Vega avec sa végétation opulente, et

tout au fond, mais si près qu'il semble
qu'on puisse les toucher, les montagnes
de la Sierra-Nevada.

Dans ce moment, le soleil se couchait
et teignait les cimes neigeuses d'un rose
à qui rien ne peut se comparer : un rose
tendre et frais, lumineux et vivant, un rose
idéal, divin, d'une nuance introuvable
ailleurs qu'au paradis, ou à Grenade, un
rose de vierge écoutant pour la première
fois un aveu d'amour.

Un jeune homme et une jeune femme,
appuyés l'un près de l'autre au balcon, admiraient ensemble ce sublime spectacle :
le bras du jeune homme reposait sur la
taille de la jeune femme, avec le chaste
abandon de l'amour partagé.

Après quelques minutes de contempla-

tion silencieuse, la jeune femme se releva
et fit voir un visage charmant, qui n'était
autre, comme nos lecteurs l'ont sans doute
deviné, que celui de madame Andrès de
Salcedo, ou Militona, si ce nom, sous lequel ils l'ont connue plus longtemps, leur
plait davantage.

Il n'est pas besoin de dire que ce jeune
homme était Andrès.

Aussitôt le mariage conclu, Andrès et
sa femme étaient partis pour Grenade, où
il possédait une maison venant d'héritage
d'un de ses oncles. Feliciana avait suivi Sir
Edwards à Londres. Chaque couple cédait
ainsi à son instinct : le premier cherchait
le soleil et la poésie, le second la civilisation et le brouillard.

Ainsi qu'elle l'avait dit, Militona n'avait

pas voulu entrer tout de suite dans le
monde, où son union avec Andrès lui donnait droit de tenir un rang; elle aurait
craint de faire rougir Andrès par quelque
charmante ignorance, et dans cette heureuse retraite elle était venue oublier les
étonnements naïfs de la pauvreté.

Elle avait gagné singulièrement au phy-
sique et au moral. Sa beauté, qu'on aurait
pu croire parfaite avait augmenté. Quelquefois dans l'atelier d'un grand sculp-
teur, on voit une statue admirable qui vous
semble finie, mais l'artiste trouve encore
moyen d'ajouter de nouvelles perfections
à ce que l'on croyait achevé.

Il en était ainsi de la beauté de Militona :
le bonheur lui avait donné le suprême poli;
mille détails charmants étaient devenus

d'une délicatesse exquise par les recherches et les soins que permet la fortune.
Ses mains, d'une forme si pure, avaient
blanchi, les quelques maigreurs causées
par le travail et le souci du lendemain,
s'étaient comblées. Les lignes de son beau
corps ondulaient plus moelleuses, avec la
sécurité de la femme et de la femme riche.
Son heureuse nature s'épanouissait en
toute liberté et jetait ses fleurs, ses parfums et ses fruits ; son esprit vierge rece-
vait toutes les notions et se les assimilait
avec une facilité extrême. Andrès jouissait
du plaisir de voir naître, pour ainsi dire,
dans la femme qu'il aimait, une femme
supérieure à la première.

Au lieu du désenchantement de la pos-
session, il trouvait chaque jour à madame

de Salcedo une qualité nouvelle, un charme inconnu, et s'applaudissait d'avoir eu
le courage de faire ce que le monde appelle
une sottise, c'est-à-dire d'épouser, étant
riche, une jeune fille sage, admirablement
belle et passionément amoureuse de lui.

Ne devrait-ce pas être pour les gens qui
ont de la fortune une espèce de devoir de
retirer de l'ombre et de la misère les belles filles vertueuses, les reines de beauté
sans royaume, et de les faire monter sur
le trône d'or qui leur est dû ?

Rien ne manquait à la félicité d'Andrès
et de Militona. Seulement, elle pensait
quelquefois au pauvre Juancho, dont personne n'avait plus entendu parler; elle
aurait bien voulu que son bonheur ne fît le
désespoir de personne, et l'idée des souf-

frances éprouvées par ce malheureux la troublait au milieu de sa joie : — Il m'aura sans doute oubliée, se disait-elle comme pour s'étourdir ; il sera allé dans quelque pays étranger, loin, bien loin.

Juancho avait-il, en effet, oublié Militona ? La chose est douteuse. Il n'était pas si loin que le pensait la jeune femme, car au moment où elle s'abandonnait à cette pensée, si elle eût regardé à la crête du mur, du côté du précipice, elle eût vu, à travers le feuillage, scintiller une prunelle fixe, phosphorescente comme celle d'un tigre, qu'elle eût reconnu à son éclat.

— Veux-tu venir faire notre promenade au Généralife ? dit Andrès à madame de Salcedo, respirer les parfums amers des lauriers roses et entendre miauler les paons

sur les cyprès de Zoraïde et de Chaîne-
des-Cœurs ?

— Il fait encore bien chaud, mon ami,
et je ne suis pas habillée, répondit la jeune
femme.

— Comment, tu es charmante avec ta
robe blanche, ton bracelet de corail, et la
fleur de grenade qui éclate à ton oreille.
Jette une mantille là-dessus, et les rois
maures seront capables de ressusciter,
quand tu traverseras l'Alhambra.

Militona sourit, ajusta les plis de sa
mantille, prit son éventail, cet insépara-
rable compagnon de la femme espagnole,
et les deux époux se dirigèrent du côté du
Généralife, situé, comme chacun sait, sur
une éminence reliée à celle que couron-
nent les tours rouges de l'Alhambra par

un ravin, le plus pittoresque qui soit au monde, et où serpente un sentier bordé d'une végétation luxuriante dans lequel nous devancerons de quelques pas Monsieur et Madame de Salcedo, qui s'avencent lentement sous la voûte de feuillage et en se tenant par le bout de la main et en balançant leurs bras comme des enfants joueurs.

Derrière le tronc de ce figuier, dont les feuilles vertes et sombres font comme une nuit sur le sentier qui s'étrangle, est-ce une erreur? il nous semble avoir vu luire comme le canon d'une arme à feu, comme l'éclair de cuivre d'un tromblon qui s'abaisse.

Un homme est couché à plat-ventre dans les lentisques et les azeroliers comme

un jaguar à l'affût de sa proie et qui mesure en pensée le saut qu'il doit faire pour
lui tomber sur les épaules : c'est Juancho,
qui vit depuis deux mois à Grenade, caché
dans les tanières de Troglodytes des Gita-
nos, creusées le long des escarpements de
Monte-Sagrado, où sont les caves des mar-
tyrs. Ces deux mois l'ont vieilli de deux
ans ; il a le teint noir, les joues creuses,
les yeux ardents ; comme un homme qui
dévore une pensée unique, — Cette pensée
est celle de tuer Militona !

Vingt fois déjà, car il rôde sans cesse autour d'elle, invisible et méconnaissable,
épiant l'occasion, il aurait pu mettre à
exécution son projet, mais toujours au
moment le cœur lui avait manqué.

En venant à son embuscade, car il

avait remarqué que tous les jours, à peu
près à la même heure, Andrès et Militona
passaient par ce chemin, il s'était juré par
les serments les plus formidables d'ac-
complir sa funeste résolution, et d'en
finir une fois pour toutes.

Il était donc là, son arme chargée à côté
de lui, épiant, écoutant les bruits de pas
dans le lointain, se disant pour raison suprême et dernier encouragement au meurtre :

— Elle a tué mon âme, je puis bien tuer
son corps !

Un son de voix rieuses et claires se fit
entendre au bout du sentier.

Juancho tressaillit et devint livide ; puis
il arma le chien du tromblon.

— N'est-ce pas, disait Militona à son

mari, on dirait le sentier qui mène au paradis terrestre ; ce ne sont que fleurs et
parfums, chants d'oiseaux et rayons.....
Avec un chemin pareil, on serait fâché
même d'arriver au plus bel endroit !

Elle était, en disant ces mots, parvenue
près du figuier fatal.

— Qu'il fait bon, qu'il fait frais ici ! Je
me sens toute légère, toute heureuse.

La gueule du tromblon invisible était
orientée parfaitement dans la direction de
sa tête qui n'avait jamais été plus rose et
plus souriante.

— Allons, pas de faiblesse, murmura
Juancho, en mettant le doigt sur la gâ-
chette de la détente. Elle est heureuse, elle
vient de le dire, jamais moment ne fut plus
favorable. Qu'elle meure sur cette phrase !

C'en était fait de Militona : la bouche
du tromblon, caché par le feuillage, touchait presque à son oreille ; une seconde de
plus, et cette tête charmante allait voler en
éclats; et toute cette beauté, ne former qu'un
mélange de sang, de chair et d'os broyés.

Au moment de briser son idole, le cœur
de Juancho se gonfla ; un nuage passa sur
ses yeux ; cette hésitation ne dura que l'es-
pace d'un éclair, mais elle sauva madame
de Salcedo, qui ne sut jamais quel péril
elle avait couru et qui acheva sa promenade au Généralife avec la plus parfaite
tranquillité d'esprit.

— Allons, décidément, je suis un lâche,
dit Juancho en s'enfuyant à travers les
broussailles, je n'ai de courage que contre
les taureaux et les hommes.

Quelque temps après la renommée se
répandit d'un torero qui faisait des prodiges d'adresse et de valeur ; jamais on n'a-
vait vu témérité pareille : il disait venir
d'Amérique, de Lima, et en ce moment donnait des représentations à Puerto-de-San-
ta-Maria.

Andrès, qui se trouvait avec sa femme
à Cadix, où il avait été dire adieu à un ami
en partance pour Manille, eut le désir,
bien naturel pour un aficionado comme
lui, d'aller voir ce héros toromachique ;
Militona, quoique douce et sensible, n'était
pas femme à refuser une semblable propo-
sition, et tous deux descendirent sur la
jetée, afin de prendre le bateau à vapeur
qui fait la traversée de Cadix à Puerto, ou,
à son défaut, une de ces petites barques

qui ont un œil ouvert, peint de chaque côté de leur taille-mer, ce qui donne à leur proue une apparence de visage humain des plus singulières.

Il régnait sur le port une activité et un mouvement extraordinaires ; les patrons des barques s'arrachaient les pratiques, et passaient alternativement des flatteries aux menaces ; les cris, les jurons, les quolibets croisaient leurs feux roulants, et de minute en minute, un esquif, livrant au vent sa voile latine, était emporté comme une plume de cygne sur le bleu cristal de la rade.

Andrès et Militona prirent place à la poupe de l'une d'elles, dont le patron iredonnait gaîment, en tendant le coude à la jeune femme pour la faire monter à son

bord, le vers de la chanson des taureaux
de Puerto :

Levez un peu ce petit pied !

Cadix présente un aspect admirable du
côté de la mer et mérite tout à fait les
éloges que Byron lui adresse dans ses stro-
phes. On dirait une ville d'argent posée
entre deux coupoles de saphir : c'est la patrie des belles femmes, et ce n'est pas faire
un médiocre éloge de Militona que de
dire qu'elle y était regardée et suivie sur
l'Alameda de plusieurs attentifs.

Aussi, c'est qu'elle était adorable avec
sa mantille de dentelles blanches, sa rose
dans les cheveux, son mouchoir de col
assujetti aux épaulettes par deux camées,
son corsage garni de passementeries et de

franges aux poignets et aux entournures,
sa jupe aux larges volants, ses bas à jour
plus minces que des toiles d'araignées,
enfermant une jambe faite au tour, ses jolis souliers de satin chaussant le pied le
plus mignon du monde et dont on eût pu
dire, comme dans la chanson espagnole :
Si la jambe est une réalité, le pied est une
illusion.

En changeant de fortune, Militona avait
conservé son amour pour les modes et
les usages espagnols ; elle ne s'était faite
ni française, ni anglaise, et quoiqu'elle
pût avoir des chapeaux aussi jaune-soufre
que qui que ce soit dans la Péninsule, elle
n'abusait pas de cette facilité. Le costume
que nous venons de décrire montre qu'elle
s'inquiétait assez peu des modes de Paris.

Cette population vêtue de couleurs brillantes, car le noir n'a pas encore envahi
tout à fait l'Andalousie, qui fourmillait
sur la place, ou s'attablait à l'auberge de
Vista-Alègre et dans les cabarets voisins
en attendant la course, formait un spectacle des plus gais et des plus animés.

Aux mantilles se mêlaient ces beaux
châles écarlates, et posés sur la tête, qui
encadrent si bien les visages d'une pâleur
mate des femmes de Puerto-de-Santa-Ma-
ria et de Xérès-de-la-Frontera. Les majos,
laissant pendre un mouchoir de chacune
des poches de devant de leur veste, se
dandinaient et prenaient des poses en
s'appuyant sur leur vara, espèce de canne
bifurquée, ou s'adressaient des andaluça-
des dans leur patois désossé, et pres-

qu'entièrement composé de voyelles.

L'heure de la course approchait, et chacun se dirigeait du côté de la place en racontant des merveilles du torero, qui, s'il continuait et n'était pas embroché subitement tout vif, ne tarderait pas à dépasser Montès lui-même, car il avait certainement tous les diables au corps.

Andrès et Militona s'assirent dans leur loge et la course commença.

Ce fameux torero était vêtu de noir ; sa veste toute garnie de jais et d'ornements de soie avait une richesse sombre en harmonie avec la physionomie farouche et presque sinistre de celui qui la portait, une ceinture jaune tournait autour de ses flancs maigres ; dans cette charpente, il n'y avait que des muscles et des os.

Sa figure brune était coupée de deux ou
trois rides tracées plutôt par l'ongle tran-
chant d'un souci que par le soc des années;
car, bien que la jeunesse eût disparu de
ce masque, l'âge mûr n'y avait pas mis son
empreinte.

Ce visage, cette tournure ne semblaient
pas inconnus à Andrès; mais cependant
il ne pouvait démêler ses souvenirs.

Militona n'avait pas hésité un seul instant. Malgré son peu de resemblance avec
lui-même, elle avait tout de suite reconnu
Juancho!

Ce profond changement opéré en si peu
de temps l'effraya, en lui montrant quelle
passion terrible était celle qui avait ravagé
à ce point cet homme de bronze et d'acier.

Elle ouvrit précipitamment son éventail

pour cacher sa figure et se rejeter en arrière en disant à Andrès d'une voix brève :
C'est Juancho !

Mais elle s'était reculée trop tard ; le torero l'avait vue ; il lui fit de la main comme une espèce de salut

— Tiens ! c'est Juancho, reprit Andrès ; le pauvre diable est bien changé, il a vieilli de dix ans. Ah ! c'est lui qui est la nouvelle épée dont on parle tant : il a repris le métier.

— Mon ami, allons-nous-en, dit Militona à son mari, je ne sais pourquoi je me sens toute troublée ; il me semble qu'il va se passer quelque chose de terrible.

— Que veux-tu qu'il arrive, répondit Andrès, si ce n'est les chutes de picadores et les éventrements de chevaux obligatoires ;

— Je crains que Juancho ne fasse quelque extravagance, ne se laisse aller à
quelque acte de fureur.

— Tu as toujours ce méchant coup de
navaja sur le cœur. Si tu savais le latin,
et heureusement tu l'ignores, je te dirais
que cela ne peut arriver d'après la loi,
non bis in idem. D'ailleurs, ce brave garçon
a dû avoir le temps de se calmer.

Juancho fit des prodiges ; il agissait
comme s'il eût été invulnérable à la façon
d'Achille ou de Roland ; il prenait les taureaux par la queue et les faisait valser ;
il leur posait le pied entre les cornes et
les franchissait d'un saut ; il leur arrachait
les devises, se plantait droit devant eux, et
se livrait, avec une audace sans exemple
aux plus dangereux manèges de cape.

Le peuple enthousiasmé applaudissait avec frénésie et disait qu'on n'avait jamais vu course pareille depuis le Cid de Campeador.

La quadrille des toreros, électrisée par l'exemple, semblait ne plus connaître aucun péril. Les picadores s'avançaient jusqu'au milieu de la place; les banderilleros posaient leurs flèches entourées de découpures de papier, sans en manquer une. Juancho secondait tout le monde à temps, savait distraire la bête farouche et l'attirer sur lui. — Le pied avait glissé à un chulo, et le taureau allait lui ouvrir le ventre, si Juancho ne l'avait fait reculer au péril de sa vie.

Toutes les estocades qu'il donnait étaient portées de haut en bas entre les épaules de la bête; entrées jusqu'à la garde, et les taureaux tombaient foudroyés à ses pieds sans que le cachetero ait eu besoin de venir terminer leur agonie avec son poignard.

— Tudieu, disait Andrès Montès, le Chiclanero, Arjona, Labi et les autres n'ont qu'à se bien tenir, Juancho les dépassera tous si ce n'est déjà fait.

Mais une semblable fête ne devait pas se renouveler; Juancho atteignit cette fois aux plus hautes sublimités de l'art; il fit des prodiges qu'on ne reverra plus. Militona elle-même ne put s'empêcher de l'applaudir; Andres trépignait; le délire était au comble; des exclamations frénétiques saluaient chaque mouvement de Juancho.

On lâcha le sixième taureau.

Alors il se passa une chose extraordinaire, inouie; Juancho, après avoir mané-
gé supérieurement le taureau et fait des
passes de muleta inimitables, prit son épée
et au lieu de l'enfoncer dans le col de l'a-
nimal, comme on s'y attendait, la jeta en
l'air avec tant de force qu'elle fut se planter
dans la terre en pirouettant à vingt pas de
lui.

— Que va-t-il faire ? s'écria-t-on de toutes parts. Ce n'est plus du courage, c'est
de la folie! quelle nouvelle invention est
cela ? Va-t-il tuer le taureau en lui donnant une croquignole sur le nez ?...

Juancho lança sur la loge où se trouvait
Militona un regard ineffable où se fondaient
tout son amour et toutes ses souffrances,
et resta immobile devant le taureau.

L'animal baissa la tête. La corne entra tout entière dans la poitrine de l'homme et ressortit rouge jusqu'à la racine.

Un colossal cri d'horreur composé de mille voix monta vers le ciel.

Militona se renversa sur sa chaise, pâle comme une morte. Pendant cette minute suprême elle avait aimé Juancho!

FIN.

ROMANS

DE MADAME LA COMTESSE DASH.

—

SCEAUX. — IMPRIMERIE DE E. DÉPÉE.